Michel

MIETTE
D'EMPIRE

OU

LA TENTATION DU DÉNI

ISBN : 9798507288328

© 2021 Michel N. Christophe
ProficiencyPlus

Ce livre est dédié à tous les laissés-pour-compte.

Sans l'examen minutieux de Monsieur Aristide VINGLASSALON et les commentaires pertinents de Madame Lydia GOBERT, il n'aurait pu trouver grâce à mes yeux et encore moins voir le jour !

Merci de votre soutien.

Photos de Ante (dos) et de Rodrigo Feksa (face).

XAVIER

«N'oublie pas, t'es encore à l'essai. Obéir c'est la clef. Plus important que tout!» Le mot d'ordre de Bob résonne fort. Xavier a du mal à l'accepter. Même s'il lui donne sa chance, quitte à prendre des risques, à se brûler les ailes, il ne le suivra pas, et utilisera la tête qu'il a pour penser par lui-même. Au diable les instructions!

Grisé par l'aventure, Xavier s'est laissé prendre au jeu des bons et des méchants, sauf que personne à part lui ne s'amuse. Il risque son emploi, sa sécurité, et sa vie. Sans compter celles des autres. D'où vient ce besoin de savoir coûte que coûte? D'écouter son instinct, de déballer la merde, d'aller au bout du délire? Une fois encore, la pulsion est la plus forte.

En plein quartier populaire, dans la nuit glaciale, une enveloppe vient de changer de main. Elle est passée des doigts charnus d'un rustre, à la main frêle d'une jeune femme. Elle comporte des secrets essentiels qui permettront de déjouer un complot. Il ne trouvera jamais les infos qu'elle contient sur le Net. S'il parvient à la subtiliser en donnant à son geste l'apparence d'un larcin, Xavier convaincra enfin Bob, son officier traitant, de son utilité. Sur le Net, les gens sournois qu'il traque n'échangent que des banalités ! Fuyants comme ils sont, il est impossible de les confondre, et encore plus de les coincer ! Leur machine semble trop bien huilée.

Le soleil tombe. La brune au foulard sombre avance d'un pas déterminé serrant la grande enveloppe près de sa poitrine chaque fois qu'elle se faufile entre des hommes attroupés qui encombrent le trottoir. Elle baisse les yeux. Une heure auparavant, Xavier s'en était suffisamment approché pour remarquer qu'elle est jolie. Elle vient de pivoter au coin d'une rue lugubre.

« Merde ! Elle a disparu ! » Il presse le pas. Trop tard. Se serait-il fait repérer ? Détonne-t-il au milieu de ces piteux migrants ? D'un côté, une mosquée et de l'autre une boucherie. Nulle trace de la jeune femme.

« Je suis un amateur, pas du tout formé pour ça ! Et si elle m'avait identifié ? Ce n'est pas comme ça que les choses se font dans ce monde-là. » Xavier s'est égaré. La Chapelle, avec ses camps de fortune et ses descentes de police n'a rien pour rassurer. Sa curiosité l'a amené jusque-là.

« Faut que je me fasse la malle. Vite, que je retrouve mes marques, mes papiers, mes notes de conférence, ma vie tranquille ! Je ne veux plus d'embrouilles.

Plus que deux jours et je quitte Paris. On m'attend aux Antilles ! »

Xavier chercherait à s'en convaincre, Bob est la seule personne qui se soucie de lui. L'amitié qu'il voue à l'étranger l'a précipité dans cette impasse-là. « S'il apprend ce que je viens de faire, j'en prendrai pour mon grade. Il m'étrillera, le con. Pourquoi tant chercher à lui faire plaisir, alors que ce n'est pas bon pour moi ? »

LILI

Xavier se languissait à la table des dédicaces. Il met fin à sa rêverie, se redresse mû par la sensation d'une présence insolite, décolle du siège qu'il occupe déjà depuis une heure, desserre la cravate qu'il aurait préféré enlever et déboutonne son col.

S'ils arrivent maintenant, les clients attendront. Un esprit tentateur guide ses pas. « Celle que tu espères est là. Va la chercher. Elle t'attend. Protège-la. » Sentiment de déjà-vu, désir refoulé ou bien fabulation ? Xavier lève la tête.

Deux yeux ronds et pétillants dans un visage légèrement maquillé. Une cliente à l'allure hautaine le dévisage avec effronterie. Vient-elle de le reconnaître ou laisse-t-elle s'exprimer une ardente convoitise ? Heureux ou malheureux hasard ?

Xavier se prend pour un homme clairvoyant qui sait donner sa place à l'instinct, saisir l'instant présent pour jouir de la vie au plus grand plaisir des dames. Loin de là ! Comme d'habitude, il se trompe sur son propre compte. Il manque de discernement, ne sait pas habiter son corps en conscience.

« Elle est là. »

Il se ravise. On l'observe. Une ancienne flamme le surveille du coin de l'œil. Conférencière comme lui, elle est venue présenter son dernier bouquin. Une histoire de nomades digitaux : ces personnes qui avec une bonne connexion internet travaillent à distance de n'importe quel endroit dans le monde. Ce livre l'avait fait rigoler et inspiré à en faire autant.

Xavier, lui, va parler de son petit dernier : La Cybersécurité, le nouveau front. « Elle est là. Elle t'attend. » Son corps se raidit à nouveau. Pas question de perdre sa lucidité. Osera-t-il l'approcher ? Incapable de supporter plus longtemps ce supplice, quel choix a-t-il ?

Parfois, il faut être prêt à bondir sur ce qui nous interpelle. L'air vaillant, faisant fi des conséquences, en pilotage automatique, ses pieds avalent les quelques mètres qui le séparent de la nouvelle apparition, sa proie idéale qu'il fixe droit dans les yeux comme pour l'hypnotiser.

Elle est là, à présent, devant lui. Il avait désespéré de la trouver un jour. Il fond sur elle, un léger rictus aux lèvres. Le choix des mots est capital. Il ne reconnaît plus sa voix grave qui brise la torpeur :

— Bonjour Mademoiselle. Xavier Sodonis. On se connaît ! Nous nous sommes déjà rencontrés, n'est-ce pas ?

Il lui tend une main crispée. La jeune femme, décontenancée, écarquille les yeux. «Quelle prestance!» se dit-elle. Elle se sent parcourue de sueurs froides. Son port redevient altier. Vacillante sur ses jambes galbées, gênée par un denim trop serré duquel dépassent des mollets graciles, la femme pirouette, pour entrevoir celle à qui l'homme s'adresse.

«Je les effarouche. Ce n'est pas à moi qu'il s'adresse! Elle doit se cacher derrière moi. Depuis longtemps déjà, les hommes ont perdu le courage de m'approcher.» Or, c'est bien à elle qu'il parle.

Tétanisée, incapable de reprendre son souffle assez vite, feignant le détachement, elle dodeline de la tête, ajuste son corsage, et répond machinalement :

— Non. Je ne pense pas! Lili... Ou plutôt, Liliane Dorcy, dit-elle un peu gênée, serrant la main tendue, tout en esquissant un sourire faussement enjoué.

— Enchanté. Je maintiens. J'en ai la conviction même, nous nous connaissons.

— Je... je m'en serais souvenue, bégaie-t-elle en rougissant.

Mille pensées la traversent. Personne n'est dupe. Son cœur bat la chamade. Ses mains sont moites. «Comme un paon, il fait la roue. Un peu farfelu, le bonhomme,» pense-t-elle. Il est grand comme elle aime. 1 mètre 95, peut-être ?

« Cherche-t-il à m'envoûter ? Quel fanfaron ! » Interloquée, elle jette la tête en arrière et s'esclaffe comme pour reprendre ses esprits. La gêne qu'ils partagent est un signe qui ne trompe pas. Un déclic coquin s'est opéré sans un mot déplacé. Trop tard ! Elle a le sentiment de s'observer tomber à la renverse sans pouvoir interrompre sa chute.

Comme par magie, l'homme dont elle avait rêvé se trouve là, campé devant elle, front dégagé, robuste, visage carré. Il est intense, n'a pas froid aux yeux, sait ce qu'il veut et donne l'assaut. Fatiguée d'être seule, elle rive son regard au sien, ses yeux reluisent. Elle peine à garder l'équilibre, s'apprête à baisser la garde, à jeter l'éponge, à capituler et à se laisser terrasser sans même livrer bataille. Lili rayonne d'un bonheur gêné, ferme la bouche puis les paupières pour dissimuler en vain la lueur d'espoir qui jaillit en elle. Elle s'accroche.

« Cette fois, pas question de résister ! » Elle refuse de faire interférence, mais se sent démasquée. La salle tournoie. L'insistance des badauds la dérange. Ses pupilles dilatées communiquent un désarroi nouveau.

Ni l'intuition, ni les papillons dans le ventre, ni l'émoi ne seront refoulés. Elle donnera libre cours à la passion déferlante qui monte en elle ; assumera comme une grande ce qu'elle ressent et fera preuve de courage.

Lili frétille d'appréhension. « Patience. Tranquillise-toi, ma belle ! Ne bouge pas. Accroche-toi », lui murmure une petite voix plus exaltée qu'à l'accoutumée. Rien n'a de sens, et tout fait plus sens à la fois. C'est à n'y rien comprendre ! Il fait frais, la climatisation s'emballe, et pourtant, une bouffée de chaleur l'indispose.

Lili se crispe. Elle ne contrôle plus rien. Dans un homme qui pour une fois lui plaît, elle a trouvé un écho. Impossible de mettre de l'ordre dans ses idées ! À quoi bon même ? Ses traits tirés révèlent trop de ce qu'elle aurait préféré dissimuler. Ils trahissent un malaise : le tsunami qui brasse en elle.

Il y a danger. Elle se pose des questions. « Cette alchimie entre nos deux corps, est-elle le signe d'une attirance toute simple ou bien de quelque chose de plus profond ? Sommes-nous, l'un et l'autre, liés ? Sur un autre plan, peut-être ? Celui de l'esprit ? »

Lili ne veut pas être une de ces potiches qui se délectent de l'attention que suscite l'harmonie de leurs traits, trop éthérées pour voir plus loin que le bout de leur nez, mais se revendique plutôt de ces femmes qui souffrent de leur grande beauté, cette bénédiction qui, en invitant l'attention rend leur esprit ô combien invisible.

L'esthétique interpelle, mais ne rassasie guère l'âme. Lili ne le sait que trop bien! En deçà de l'éclat de sa figure ravissante se dissimulent un cœur chagrin, noble, et un esprit fin qui s'ébrèche facilement. «Qui est ce Xavier Sodonis? De quelle trempe est-il fait?» Prise à la gorge, elle s'enfonce tout doucement dans une voie qu'elle ne choisit pas.

D'un naturel hautain, féminine sans excès, espiègle par dépit pour les mâles dont les regards mesquins l'insultent, plus l'épouse-trophée de personne, elle s'insurge devant l'obscénité. Dépouillée de ses faux-semblants, elle se sent accablée, mise à nu devant Xavier, incapable de se prévaloir de sa superbe.

Lui, de qui émane une énergie magnétique, il pressent son amertume. Il n'a pas choisi de se prendre d'engouement pour une femme comme elle, à l'orgueil inutile, en tous points son égale, conforme à ses aspirations, mais il y consent et jette sur elle le regard de celui qui reconnaît sa moitié. Il contemple sa vulnérabilité, prêt à soigner chacune de ses blessures.

«J'ai le vertige. Bon Dieu, aidez-moi! Qu'est-ce qui m'arrive? J'en rêve depuis tellement longtemps. J'ai tellement peur aussi. Mes mains en sont tout chose. C'est à n'y rien comprendre. J'suis pas à la hauteur, hein ? Il est trop bien pour moi, c'est ça ? C'est quoi alors si c'est pas ça ? » La petite voix susurre encore à son oreille : « Calme-toi, ma fille. Concentre-toi plutôt sur ta bonne fortune. »

Il est onze heures. Une séance de conférence vient de clore. Dans un brouhaha qui l'irrite, l'irruption de personnes affairées fracasse ses pensées. Des éléments perturbateurs, probablement en rut, la matent avec délectation. Leurs regards affamés lui arrachent ses habits. Les prunelles dilatées, sur le point d'amorcer une attaque, les prédateurs salivent.

Lili en prend ombrage. La rage ensevelit le désir amoureux juste éclos. Son expression se durcit. Galvanisé, Xavier tressaille puis fait un pas en arrière. Il ne sait interpréter ni ce changement d'humeur ni ce qui se prépare. Les commentaires obscènes qui retentissent dans une messe bruyante bouleversent sa sensibilité. Il se retourne et remarque pour la première fois la meute à l'affût.

Meurtrie, Lili s'étiole, et cherche à se soustraire à l'étalage de grossièretés qu'elle accuse en pleine face. Prise au dépourvu, pâlotte, elle souffre de se sentir objet dans le regard des rustres qui la salissent. Elle refuse de n'être qu'une chose. La salacité est un mauvais spectacle. Xavier ne sait comment réagir.

Un goujat carnassier se démarque du lot. Son clin d'œil furtif à ses acolytes le démasque. Est-ce un pari ? Il fait mine d'avancer. Souhaite-t-il effrayer ou racoler ? Que va-t-il faire ? Lili se prépare à pourfendre la moue lubrique qui se forme sur ses lèvres. Que va-t-il se passer ?

Par son sordide manège, le crâneur dédaigne les battements de deux cœurs qui se cherchent. Son appétit bestial a forcé une grimace sur son faciès sans charme. Tenterait-il d'humilier, Lili et Xavier, tous les deux à la fois ? Xavier s'affole et serre les poings. La violence plane. Sa mâchoire tendue lui fait mal. Le front levé, les sourcils froncés, il fait mine de s'interposer. Prêt à tout pour protéger l'honneur d'une demoiselle en détresse, ses intentions sont claires. Ce n'est pas à lui d'intervenir. Dressant le buste pour confronter elle-même l'animal, Lili le lui rappelle d'un geste discret de la main. Xavier devra se contenter de la seconder si besoin est, sinon, il ferait preuve de sexisme. Il doit se maîtriser. De retour en conscience, comme pour masquer sa colère, pudeur oblige, il baisse la tête.

— Cocotte. Le choc a tout bonnement été brutal. Tes cheveux bouclés, tes yeux en amande, tout m'excite. Ta beauté m'aveugle. Donne-moi ton nom et ton 06. C'est pour mon assureur.

La moutarde lui monte au nez. Son visage s'assombrit. Son sang ne fait qu'un tour, et Lili se relâche :

— Dégage, connard !

Elle semble redoutable. Son regard meurtrier en dit long. Le mépris qu'il contient force le prédateur à battre en retraite. Choqué par la hargne qu'a suscitée ce qu'il pensait être son hommage à la beauté, il ne comprend plus rien ! Dans un déclic diabolique, une harpie lui est tombée dessus, l'a foudroyé de son mauvais œil et lui a jeté son fiel en pleine face. Remontée contre lui, en maîtresse du moment, elle s'acharne encore à lui rabattre le caquet. K.O., déculotté, l'homme trébuche, incapable de dire un mot pesé. Confondu en moins d'une, son ego se dégonfle et son humeur bascule. « Au loin, la petite poupée créole paraissait si fraîche et si avenante. »

— Casse-toi. Gangrène de mon existence ! Pas de répit pour les cons.

Elle l'a assassiné en deux temps trois mouvements et un sale coup de langue. En fuyant, l'homme renverse un badaud. Lili l'abandonne aux railleries de ses pairs. À qui le tour ? Sa furie justicière ratatine les velléités des autres prédateurs.

L'incident lui offre un couvert de fuite. C'est plus fort qu'elle. Après un moment de flottement, sans demander son reste,

Lili cherche à grandes enjambées à regagner la sécurité de son cabriolet. Fuyant pour éviter le ridicule, elle a oublié le livre qu'elle était venue acheter et faire dédicacer. Avec peine, elle se fraye un chemin à travers une foule envahissante pour se précipiter hors de la librairie du MÉMORIAL ACTe de Pointe-à-Pitre. Elle se sent abattue. « J'ai trop montré mes crocs, et peut-être bien ruiné mes chances avec Xavier », pense-t-elle.

Xavier, lui, est ravi de l'issue de la confrontation à laquelle il vient d'assister. Lili ne l'a pas assimilé à un prédateur, comme l'autre. Au contraire, elle a encouragé ses attentions galantes. Une humiliation publique comme celle-là lui aurait été insupportable. Seul bémol, il n'a pas eu le temps de lui demander son numéro de portable, et s'inquiète. Elle vient de disparaître. Comment la retrouver ?

Les mots s'enchaînent dans sa tête et la bousculent. Derrière le volant, Lili se sent harcelée et culbute sous le poids de pensées tyranniques. « Le coup de foudre ?! Je ne suis plus une de ces midinettes. Comment puis-je avoir été aussi sotte pour m'émouvoir de la sorte pour un inconnu ? Tchip ! Et puis quoi encore ? De toute façon, c'est foutu. Le bougre m'a vue sous mon plus mauvais jour. »

Lorsqu'on fléchit, le doute s'installe. Nullement parée à chambouler sa vie pour un bonheur incertain, elle aurait préféré bannir l'intrus de ses pensées et se voir immunisée contre le coup de foudre. Trop tard, l'intérêt est là. Effort vain que celui de raisonner la peur, de minimiser l'emballement qui lui fait perdre la tête. Elle ne maîtrise plus rien. Ce n'est pas de sa faute. L'amour lui est tombé dessus.

« Il est insensé de résister à l'appel de ses tripes », lui susurre la petite voix taquine. « Insensé. » Lili voudrait ne plus l'entendre, la renvoyer à sa place, aux oubliettes, mais n'y arrive pas. Se raisonner ? Peine perdue. « C'est donc lui, l'homme providentiel ? » Elle acquiesce. « La nuit me portera conseil. »

Affolés par ses brusques accélérations, redoutant le pire, les piétons sautent hors de sa voie pour atterrir sur les bas-côtés de la chaussée. Le boucan que font ses enceintes pour noyer des pensées intrusives irrite le voisinage. Son idée fixe : creuser la distance entre ce Xavier Sodonis qui perturbe la quiétude de son esprit et elle ? Perdre pied, c'est bien la dernière chose qu'elle voudrait. Elle imagine déjà sa meilleure amie lui lancer : « Ou touvé mèt a-w » (tu as trouvé ton maître). Et cela la met hors d'elle.

« Couillonnades. Une vilaine plaisanterie tout ça, » se répète-t-elle comme pour s'en convaincre. Pas du genre à se laisser enquiquiner par une émotion tyrannique, son leitmotiv : « Reprendre le contrôle de la situation. »

« Obsession, ma vieille amie, que me veux-tu cette fois encore ? Je t'ai vu venir. De grâce, aie pitié de moi ! »

Pour l'inviter à rebrousser chemin, les alizés soufflent à ses oreilles le nom de l'homme qu'elle lutte pour oublier. Des nuages filent révélant un soleil perfide. Elle s'offre à sa morsure. Il lui caresse la peau, d'abord avec délicatesse. « Je ne suis à l'abri de ce mâle nulle part. C'est une malédiction ! » Sans prêter attention, elle traverse Carénage, un quartier malfamé de Pointe-à-Pitre où des prostituées bien en chair mêlent leur sueur à celle de pauvres diables en manque d'affection. Le soleil lui dore la peau. En plein jour, Pointe-à-Pitre pleine de grâce sait accueillir ses invités. Tout changera au coucher du soleil. Il faudra éviter les clochards en chute libre vers leur perdition.

« Il était là et j'aurais pu... Je suis sotte quand même ! Il pourrait être le bon, ce Xavier ! Il en avait tout l'air. Beau gosse, intelligent, à ma portée. Comment en avoir le cœur net ? Je dois le retrouver. Vers qui puis-je me tourner ? »

Lili se triture les méninges, esquive quelques piétons engagés sur la voie, et freine à la dernière minute. « Patat manman-w. » Les insultes fusent. « Bingo. Les réseaux sociaux ! On y trouve tout le monde, ou presque ! Je le retrouverai sur Facebook ou Instagram. Peut-être même LinkedIn. Ça devrait être possible s'il veut faire connaître ses bouquins. »

Les semaines défilent. Le temps s'étire nonchalamment. Le béguin s'éteindra certainement, sinon elle le noiera. Lili a trop tardé. Scélérate, la durée se conjugue à la distance pour attiser le désir et faire couler la bile. Plus rien à perdre. L'attente s'est transformée en lancinement. Sentiment prenant d'être passée à côté de quelque chose d'important. Sur son smartphone, elle tombe sur un profil Facebook en moins de vingt secondes. Est-ce bien lui ? Bingo ! Elle en consulte la page, glane les plus juteux détails, puis se jette à l'eau. Gaffe aux fautes d'orthographe. Et Clic. Ça y est, c'est parti pour une demande d'ami ! Elle sort de sa torpeur, soulagée. Elle peut souffler maintenant. Il n'y a plus qu'à attendre.

Une notification vient de tomber. Avachi dans son fauteuil, le bip du smartphone l'alerte. Xavier baisse la tête pour répondre, mate l'écran et ouvre l'application. Sa gorge se noue. « Quelle aubaine ! Pas question de la laisser s'éclipser cette fois-ci. » Réactif comme la toute première fois, il accepte l'invitation.

« Je veux être de ces hommes qui vivent l'amour à fond, pulvérisent la poisse, et croquent la vie à pleines dents. Pas de ces personnes bancales qui n'en croquent que d'une dent, et qui la verge en main, contentes, grognent lorsque sur eux une âme douce jette un regard de sollicitude exaspérée. »

Xavier prend les devants, envoie son numéro, et réclame le sien. Pour mieux faire connaissance, bien sûr. Il faut battre le fer pendant qu'il est encore chaud, tisser des liens et ensemble, apprivoiser l'angoisse. Tout un programme en perspective. Ensemble est le mot juste. Comme une promesse de lendemains meilleurs, il signale la terminaison d'un cauchemar solitaire.

Il est plus facile de se dévoiler sur les réseaux sociaux plutôt que face à face. Un écran, comme un chéquier, semble si virtuel ! Il nous rapproche et nous sépare à la fois dans la sécurité d'une perception toute étriquée. On y mousse sa personnalité. On camoufle l'inavouable. On y débarque quand bon nous semble sans obligation de répondre ; on s'y construit de toutes pièces. Plus réceptif, plus libre en ligne, moins immédiat, moins tactile, tout a l'air tellement plus gérable, on fait l'amour avec les mots. D'utilisation simple, WhatsApp fait mieux l'affaire que Facebook Messenger pour des raisons techniques. Et puis certains jours, on passe à la webcam.

L'amour freiné rend dingue. Il engendre cette frustration qui nuit à la santé. Lui, à Paris, elle, en Guadeloupe. Chacun de son côté, dans la phobie de la perte de l'intérêt de l'autre. Qui osera faire le premier pas, survoler les nuages pour colmater la brèche ?

Lili réclame l'ombre de Xavier. Elle veut connaître l'amour pour qu'enfin sa vie prenne de l'ampleur et compte. Si elle s'écoutait, elle irait sans tarder se mettre à l'abri dans ses bras, lui livrer ses angoisses, vivre au rythme de son souffle. C'est cela mettre toutes les chances de son côté : réagir. Maudite séparation ! Après le lancinement, seule la friction de leurs deux corps soignerait son abcès. Ils y verraient plus clair !

Lasse de résister, d'aller d'échec en échec, Lili accepte finalement de lâcher prise. C'est maintenant ou jamais. « Mais lâcher prise, c'est quoi au juste ? Prendre une bouffée d'oxygène, savourer l'instant, s'autoriser à ressentir des choses ? Se mettre à l'écoute de son corps et se réinventer avant qu'il ne se dérobe ? Rester attentif, fidèle à ses valeurs, donner du sens à sa vie, occuper l'instant présent, le décorer de bagatelles ; s'engrosser de plaisir, s'ouvrir aux possibilités, et reprendre son souffle encore et encore ? Oser enfin être indulgent envers soi-même, se faire une confiance absolue ? Je n'en sais rien. Et puis, merde ! Rien ne compte plus. Advienne que pourra ! »

Pour l'heure, elle ne veut surtout pas effrayer Xavier. Partir à sa rencontre passerait pour impulsif. À court de boniments, ils sortiront soudés du désordre des paroles dans lequel ils se dissipent. Une relation se tisse patiemment à prudents coups de langue. Question de fondations. Embourbés dans les tranchées comme ils sont, cela prendra le temps qu'il faudra. Lorsqu'ils se seront tout dit, la rencontre dans la chair s'imposera, et l'attente s'achèvera. Ils ne se lâcheront plus.

Au téléphone, même sans provocation, on dérape facilement. Lili raconte ses journées, Xavier l'écoute calmement même s'il n'en a pas envie. La vigilance reste de mise. Il connaît la routine. « À l'aise, Blaise ! Il n'y a plus qu'à attendre. Confirmer l'évidence. Si je me tiens bien, tout ira. Pas de paroles déplacées qui feraient tout basculer. » Sans chichi, ils conversent maintenant comme s'ils se connaissaient depuis toujours. La dépendance s'installe. Ils ressentent un lien fort.

À voix haute, Lili se remémorait parfois des évènements qui l'attristaient. Xavier dressait l'oreille. « Le jour de mes vingt ans, follement amoureuse d'un homme rencontré juste après mon arrivée en Guadeloupe, mon cœur a cessé de battre. Passant chez lui à l'improviste, je l'ai attrapé, les jambes en l'air, en flagrant délit d'infidélité. Je n'avais été pour lui qu'une conquête parmi d'autres, un trompe-l'ennui, un joujou, une note sans distinction. J'ai vécu le martyre ! C'est très difficile à encaisser.

Je jurai de ne plus jamais m'autoriser à revivre un pareil affront avec un tel goujat. Je ne m'alimentais plus, et perdis beaucoup de poids. Cet échec cuisant eut raison de ma légèreté, de mon insouciance, et de la confiance que je donnais si facilement aux hommes. Contrariée, je m'étais convaincue qu'il valait mieux survivre en apnée plutôt que de se risquer à une vraie connexion ! En plus de me briser le cœur, le taré m'a privée de mon père pendant dix bonnes années. Auparavant, il n'avait pas pu protéger mon aînée décédée à la suite d'un chagrin d'amour. Imagine le sentiment de culpabilité ! Pour se racheter peut-être, incapable de tolérer la peine de la seule fille qu'il lui restait, il avait décidé de prendre les choses en main. Ses actions l'amenèrent directement en taule. Après, pendant longtemps, à mes yeux, les hommes restaient des cons.

Mon père a étripé le baiseur avec son sabre. Il s'est acharné sur lui comme un boucher s'acharne sur une truie qu'il abat. Ses cris de détresse retentirent dans tout le voisinage. Sanguinolent, le pauvre homme a succombé à ses blessures au CHU de Pointe-à-Pitre. Devant le juge, papa a déclaré : « Je n'ai fait que tourmenter le tourmenteur, votre honneur. Sé de ti moun an mwen nou ka palé ! Mwen ja pèd yonn. » (C'est de ma gamine qu'on parle ! J'en ai déjà perdu une.), clamait-il haut et fort à qui voulait l'entendre. »

La perte de tous ces gens qu'elle aimait avait déclenché chez Lili une dépression subite. Morte-vivante, sous le choc, pendant des années, elle s'était sentie responsable de l'acte de son père. En se confiant à lui, elle l'avait poussé au pire. L'homme meurtri qu'une épouse résignée recueillit à sa sortie de prison n'était plus le père de personne, mais l'ombre de lui-même ; plus le bon petit fonctionnaire qu'elle avait connu, mais un taiseux vidé de toute émotion. Un homme brisé, manipulé par son sens du devoir et son amour filial, l'auteur d'un meurtre passionnel à tout jamais dans les annales. Il avait dû en voir de toutes les couleurs, des vertes et des pas mûres à l'intérieur.

Entre lui et Lili, il ne planait plus qu'un silence assourdissant ! Tout est resté figé. Ils n'avaient ni la force ni plus rien à se dire. Les mots sont si dangereux. Ils ne se parlaient plus.

À force de s'épuiser en paroles jusqu'à l'aube, jour après jour, Xavier et Lili croient mieux se connaître. Les réponses aux questions qu'ils se posent révèlent la singularité de chacun. Tout au long de sa vie, Lili a eu du mal à éprouver du plaisir, toutes sortes de plaisir. La transparence engendre la complicité. Au bureau, Xavier questionne l'autorité. Il en veut lui aussi à son père. La confiance accouplée au désir provoque l'intimité. Assidus en ligne, ils croient s'être dit l'essentiel.

Leur relation survivra-t-elle ? En sortiront-ils indemnes ? La distance a ses limites. Internet aussi. Meubler le temps n'y fera plus. Il leur faut du concret. Se voir et se toucher. Ils se languissent. Cela fait trois mois que leurs corps s'enflamment. La corde s'effiloche. Chaque fois qu'elle raccroche, Lili craint le pire, que la relation ne s'éteigne un peu. Claustrée dans le noir, elle se pose des questions.

Livrée à ses démons, elle se fait peur toute seule. « J'ose ou j'évite ? À quel jeu est-ce que je joue ? Le sentiment que je ressens est trop intense. Trop dangereux. Suis-je un bibelot dégringolant vers une déception programmée ? Pas envie d'aimer pour rien. J'avance ou je recule ? Je ne veux plus souffrir. Verra-t-il à travers moi ? J'suis pas aussi fun qu'il croit ! Me rejettera-t-il ? Débattement interminable. Ça suffit. » Elle se raisonne. L'amour sans risque, n'existe pas. « Trois mois, et tout ça, pour rien ? Alors là, pas question. Arrête ton char, Lili. Fonce, ma fille. Fonce ! »

XAVIER

Au dernier étage d'un immeuble immaculé, dans un F2 lumineux, juste sous les toits, Xavier se prévaut de l'anonymat que lui offre le quartier de Picpus. Tout ce dont il a besoin est là, à deux pas, boulangerie, poissonnerie, boucherie, épicerie, ainsi qu'une station de métro où parfois couchent des clochards, et le bois de Vincennes à moins d'un kilomètre. Dans ce quartier, à première vue, la vie qu'il mène se veut sans histoire. Il se garde d'attirer l'attention. Depuis l'enfance, il aime se faire oublier et passer inaperçu. Seule façon d'éviter les emmerdes. Il y a deux ans, il s'est acoquiné avec un vieux roublard américain, diplomate de son état. Depuis, la surveillance est devenue son truc aussi. Son nouveau dada.

Un téléviseur fendu en deux gît dans un coin du salon. Il l'avait saccagé pour ne plus voir la tête d'Éric Zemmour. Sur une table basse en bois, une stéréo qu'il n'éteint même pas pour dormir joue en sourdine. Le jour comme la nuit, les présentateurs de France Inter lui tiennent compagnie. Autant de présences effacées dans un espace sans éclat. Il a besoin de calme pour bosser. C'est comme cela qu'il se requinque. À chacun ses habitudes ! Il se parle à lui-même quand plus rien ne l'aide à noyer sa solitude, puis s'installe au bureau pour gribouiller. Il retranscrit ses ruminations. Bientôt, il ira à Darty acheter un nouveau téléviseur. Lili arrive dans une semaine.

Fondre dans l'anonymat, c'est mener une vie simple et sans effort, à la vue, mais à l'insu de tous. « Hide in plain sight », (cache-toi en pleine vue) comme répétait l'Amerloque. Il avait ajouté pour se moquer de Xavier ce jour-là, « Tu planes sur de gros nuages. Tu vis dans ton imaginaire, et tu refais le monde. Tu as l'étoffe d'un moine, mon ami. » Pour ne pas le contrarier, Xavier avait ri de bonne foi, mais de son accent, pas de ses railleries, avant de tomber d'accord avec lui. « À chacun sa bulle. À chacun ses illusions ! » avait-il répondu. Il aimait bien les siennes. C'était probablement pareil pour tout le monde.

Il faut se dépêcher. « Laisser traîner tout ça, les gadgets et autres outils, est bien trop dangereux ! Lili pourrait mal interpréter ce que je fais. Tous les signes de mon ignominie doivent disparaître afin d'éviter les questions inutiles. » Le Stingray, précieuse offrande du diplomate, cet outil de surveillance électronique destiné à retracer les appels d'un cellulaire ; l'ordinateur portable qu'il utilisait de temps en temps pour les communications sécurisées et les infiltrations furtives ; et « les mouchards sur l'ordinateur de bureau dans la salle de séjour. Le réseau privé virtuel. Et hop, je désactive tout ça. J'en ai marre ! Bob m'exploite. Lui et moi on aura une petite discussion. »

Recruté six mois plus tôt, pensant avoir des raisons de s'inquiéter et pour se faire la main, lors de son dernier passage en Guadeloupe, Xavier avait planqué une minuscule caméra dans la Livebox de la télé, dans la chambre de son père, face au lit. Depuis son ordinateur, il surveillait à tout moment ce qui s'y passait. Pour la confondre, et l'exposer pour la vermine qu'elle était, il pistait les faits et gestes de sa belle-mère, reconstituait ses journées, bandes sonores à l'appui à partir de l'iPhone de celle-ci. Un jeu d'enfant ! Pour le coup qu'il préparait, il fallait des preuves.

Le téléphone sonna. Parlant du diable ! Le Noir américain, pataud, mal foutu, grisonnant, haut de son 1m70, ne l'appelait presque jamais.

— Allô, Bob ?

— Salut, gamin. Elle arrive quand ta copine ? C'est quoi son nom complet, au juste ?

— Salut, vieux. Dans deux jours. Liliane Dorcy ! Pourquoi me le demandes-tu ? Après son départ, faudra qu'on cause.

— Je te le rappelle, selon les termes de notre accord, t'es censé ne recevoir personne chez toi.

Bob se plaignait une fois de plus.

— J'ai quand même droit à une vie privée, tu ne crois pas ?

— T'es têtu, je vois. Rappelle-toi bien. Sous aucun prétexte, tu ne dois lui parler de moi et de nos opérations. Pas question non plus de lui montrer le matériel, ou de raconter pourquoi t'en as besoin. Ça ne regarde personne ! T'imagines les conséquences ?

Les choses s'étaient gâtées la dernière fois que Xavier avait laissé des connaissances passer la nuit chez lui. Ils avaient surfé le Net sur son ordinateur, l'avaient pris pour un hacker, et demandé : « Qui a besoin de toutes ces applications suspectes, et d'un tunnel virtuel avec cryptage de type militaire pour masquer une adresse IP, contourner un proxy, débloquer des sites et surfer de manière anonyme ? » Xavier avait esquivé la question en noyant le poisson. Il fallait user d'adresse pour se faire oublier.

«Les vieilles valises du paternel feront l'affaire. Tout ira à la cave.» Xavier y plaça ses joujoux : ordinateur portable, micros, mini caméras, oreillettes, détecteur de microphone, brouilleur GMS, traceur GPS, deux Glocks 17, légers et compacts, un téléphone satellite, et un smartphone sécurisé. Il y jetât aussi pêle-mêle les dossiers de ses cibles, ses vraies fausses identités, un Ka-Bar, un Chris Reeves Sebenza, et un Buck 110 et le reste d'une collection de couteaux de poche. Il désactivât la vidéosurveillance wifi puis plaçât l'équipement soigneusement dans une des valises. Le branle-bas achevé, c'était décidé ! Dès qu'elle repartirait, il engagerait une conversation sur la rupture de son contrat avec Bob. «Comment en suis-je arrivé là ?» Son esprit se troublait.

Titulaire d'un diplôme d'ingénieur en informatique et d'un doctorat en cybersécurité, non content de simplement subvenir à ses besoins et de s'acquitter de ses obligations, il attendait davantage de la vie. Mais quoi, exactement ? La consécration ? Un salaire conséquent ? Davantage de reconnaissance ? peut-être ? Maître de conférences à l'Université polytechnique, sans promotion en vue, rongé par un sentiment d'échec et d'impuissance, Xavier refusait de se satisfaire d'un parcours même remarquable. Râler ne servait à rien. Depuis huit ans déjà, sa carrière agonisait. Un plafond de verre contrariait ses ambitions. Il regrettait d'avoir traîné en France et surtout d'avoir quitté le groupe industriel qui lui avait permis de se faire les dents dans la sécurité des systèmes d'information. Il y avait de quoi se lamenter. Ailleurs, dans le monde anglophone, il était reconnu comme une sommité dans le domaine. Dénigré par ses collègues, le spécialiste en évaluation et en gestion des risques, en ingénierie agile, en cloud et en cybersécurité, qu'il était devenu, se retrouvait à dispenser des cours à des novices !

Quand il déprimait, il en arrivait parfois à se considérer comme un raté. Les reproches qu'on lui avait faits en grandissant et qu'il se remettait en mémoire enfonçaient un clou plus profondément dans son estime branlante. S'investir dans une vision négative de lui-même le désarçonnait chaque fois, rendant caducs tous ses efforts de réhabilitation dans l'estime de ses aînés.

Qui sait ? S'il avait réussi à convaincre le tout puissant père Sodonis, il serait parti faire ses études au Canada, ou en Suisse, comme il avait voulu, plutôt qu'en

France. Il y aurait mené une vie plus palpitante. Sous d'autres cieux, des amis moins ambitieux menaient des carrières brillantes. Pas un petit morceau, celui-là ! Le vieux lui avait rétorqué : « T'es français. Pourquoi cherches-tu midi à quatorze heures ? D'autres seraient contents de tout laisser pour se retrouver en France, à ta place. » La tête remplie de rêves contrariés, croyant son avenir hypothéqué, Xavier l'aurait juré, au pays, on lui avait jeté un sort. On l'avait quimboisé. Rien dans sa stagnation professionnelle ne lui semblait normal.

Pour son « pote qui lui voulait du bien, » Bob du département d'État américain, ses revers de fortunes constituaient une chance inouïe. L'air enjoué, sans forfanterie, comme si cela allait de soi, il avait déclaré : « Monsieur le professeur, nous te savons infantilisé par le manque de responsabilités. Nous voulons donc te donner l'occasion d'ajouter du beurre dans tes épinards et faire tes preuves. L'occasion aussi d'approfondir tes connaissances techniques et surtout de faire un pied de nez à la discrimination. Le monde libre a besoin de toi. Tu seras notre expert technique externe. Tu recevras une rémunération à la hauteur de tes compétences. »

Curieux, Xavier l'avait écouté sans sourciller. Belle entrée en matière, pensait-il, visiblement flatté ! Quoi de mieux pour un ego diminué ? « Compromettre les réseaux terroristes, y implanter des pièges, extirper des données, suivre l'argent du crime et tout cela à distance dans le confort de l'anonymat. Des opérations secrètes, des filatures dans la clandestinité et dans l'ombre, sur internet surtout. Un jeu d'enfant pour toi ! Lui avait assuré, Bob. » Xavier souriait mais ne disait toujours rien.

Des petits rires nerveux avaient ponctué son écoute. N'approuvait-il pas la proposition ? Elle avait pourtant été mûrement réfléchie. Le regard fuyant, il se grattait le bras. Donc, Bob rempila : « Mes supérieurs et moi voyons en toi un informaticien à la pointe du savoir, capable de mener à bien une mission importante. » Moins de flatterie et Xavier se serait senti offensé. Inquiet, Bob l'avait regardé droit dans les yeux alors qu'il déblatérait son argumentaire de vente. « Pour ton soutien, tu recevras 4000 euros cash, chaque fin de mois. » Maintenant, Xavier jubilait, son regard brillait.

« Comment décline-t-on une offre pareille ? C'est une aubaine. Wou-Hou ! Top-là, l'Amerloque. »

« Pour nous, la lune de miel, les tête-à-tête en public ; tout ça, c'est terminé, fini, beau gosse. On se retrouvera une fois par mois dans une chambre d'hôtel pour échanger les informations que tu me donneras contre la rémunération que je te remettrai. » Xavier avait dit oui à tout.

Au début, sous le prétexte de la défense de l'État de droit et de la démocratie, il avait pris plaisir à fouiner dans la vie des cibles qu'on lui indiquait, des femmes et des hommes dont il avait le signalement, des politiciens, des imams, des artistes, et des personnes lambda qui, à première vue n'avaient rien à se reprocher. Dans l'espoir de les amener à faire une erreur, à dévoiler leur jeu, le travail de barbouze que Xavier effectuait, consistait à leur tendre des guets-apens, à provoquer une réaction, et à les compromettre, qu'elles soient coupables ou non de crimes. Au fil du temps, il en vint à juger les injonctions de l'Américain excessives puis véreuses. Le doute se confirmait dans son esprit et leur camaraderie s'étiola.

Comment jugule-t-on des flux de financement terroristes qu'on ne peut pas tracer ? Au bout de six mois, le travail s'avéra dénué de sens, les taches techniques cessèrent d'offrir la stimulation qu'il avait escomptée, et le désenchantement s'installa. Frustrant et monotone, l'interception et le décryptage des communications en ligne des soutiens terroristes et de leurs commanditaires semblait fastidieux. Sans intérêt. Il ne se passait jamais rien de concluant.

Aider un gratte-papier à noircir des rapports au nom d'une mystifiante abstraction liberticide, la défense de la démocratie, ne l'enchantait plus. On lui avait raconté des histoires qui ne tenaient plus la route. Dans sa dérive sécuritaire, un carriériste le manipulait. Appâté par le gain, Xavier était devenu la proie du bureaucrate.

« On ne te paie pas pour réfléchir ! » Bob lui avait remonté les bretelles une fois de trop. Sans souci de convaincre, ses arguments tombaient dorénavant dans l'oreille d'un sourd. Ils semblaient fallacieux. On lui donnait des cibles, comme un bon soldat, il ne pouvait poser aucune question et, il devait s'exécuter. Xavier se sentait abusé. Victimes d'une imposture, des innocents trouvaient la mort.

Indigné par l'immensité de sa propre vénalité, une résolution radicale s'imposait : fuir la supercherie et sortir de l'engrenage d'une association sordide ! Les livres ne se vendaient plus. Il fallait réagir, renoncer à sa double vie avant qu'il ne fût trop tard, s'intéresser à soi et laisser la guerre aux militaires.

Pouvait-il encore se réjouir de revenus qui tombant à pic l'empêchaient d'écourter l'exil qui le taraudait ? L'argent qu'il gagnait à présent au-delà de ses plus folles espérances ne suffirait jamais à enrayer son sentiment d'échec. Pour laver l'insulte de sa mise à l'écart professionnelle, il s'autorisait un seul choix. Était-ce même là un choix ? Rentrer aux Antilles même s'il y aurait du mal à subvenir à ses besoins. Quelle était l'alternative ? Languir de solitude et d'impuissance ? Il souffrait le martyre. Peut-être que son père le prenant en pitié lui offrirait une place dans l'entreprise familiale ? Au soleil, la vie serait plus douce. Bob, le laisserait-il partir ? Il en savait bien trop sur ses opérations.

XAVIER ET LILI

Le jour de son arrivée, à sa descente d'avion, Lili prend froid. En moins de huit heures, elle passe de trente-cinq, à moins trois degrés Celsius. L'épaisse écharpe et la doudoune qu'elle porte ne suffisent pas à la protéger. Elle espère que sa nouvelle flamme saura la réchauffer et ne regrette pas la douceur de son île troquée pour un mois frigide dans le Paris de son enfance. Ce n'est pas dans cet état-là qu'elle avait voulu le retrouver ! Le moment du face-à-face est enfin arrivé. Ils n'auront plus aucune raison de se morfondre.

Lili toussote, et peine à garder le sourire. « Lui plairai-je encore ? » Sa seule envie, se plier en quatre dans un grand lit sous une couette pour évacuer la douleur. Xavier fait les cent pas dans la zone d'arrivée. Lili ne l'a pas rappelé comme convenu juste avant d'embarquer.

Plus haute que les autres voyageurs d'au moins une tête, incontournable, mal assurée sur ses hauts talons, une femme coquette, maquillée d'un rouge à lèvres vif assorti à son vernis à ongles traîne une Samsonite. Xavier la reconnaît tout de suite malgré de lourdes paupières et son regard éteint. Son cœur bondit. Il glousse nerveusement. Ça fait des mois qu'ils rêvent de ce moment-là. Leur prière a été exaucée. Le rire agricole que Lili reconnaît au loin lui réchauffe les entrailles.

Elle trépide, prise au jeu de son excitation. L'éclat de la première rencontre se ravive dans son regard. Ses yeux brillent d'anticipation. Elle craque. En chœur, la langue pâteuse, ils bégaient de joie. L'accueil est chaleureux ! L'étreinte est musclée. Le voile est levé. Les appréhensions disparaissent.

« Comment endiguer sa descente aux enfers ? » Courbaturée depuis deux jours, Lili se réfugie dans les bras du sommeil. Xavier la dévisage, se triture les méninges. Le regard attendri, il se fait du mouron. Il répète à voix basse, lui caressant le front, « Aucun virus, aucun germe ne s'interposera entre toi et moi, doudou ».

Peu enclin à accepter l'impuissance qu'il ressent, Xavier ne lésine sur rien. Quand elle est éveillée, il lui fait avaler à la petite cuillère les plats qu'il mijote. Terrasser le mal s'avère plus difficile qu'il ne croyait. Des concoctions au miel, au gingembre, au citron vert mélangées à du Bologne ; un cocktail de comprimés, tout est bon pour activer le rétablissement de sa Vénus créole. Il s'improvise soignant pour la première fois de sa vie. C'est qu'il lui tarde de la câliner. Elle l'accuse gentiment de s'acharner ainsi à prendre soin d'elle, en fin de compte, dans le seul but de rendre possibles les ébats sous les draps. Il nie l'affirmation en bloc. Son clin d'œil appuyé est suivi d'un sourire.

À force de remarquer qu'elle se réjouit de le voir aux petits soins, Xavier finit par se convaincre que Lili a fait exprès de tomber malade pour sonder sa dévotion. Recroquevillée dans le lit, elle ne fait plus aucun dièz. Sa mine est déconfite. Elle a l'air désœuvrée, et pourtant elle tire encore la langue et découvre ses dents pour sourire ! La vulnérabilité qu'elle affiche autorise Xavier à lui révéler sa sensibilité. On croirait assister à l'éclosion d'un couple fusionnel.

Pour le moment, il faut parer au plus urgent. Une fois que Lili ira mieux, elle succombera, sans pression, à ses caresses, et la messe du coït consenti débutera. Il libérera sa fougue. Elle maintiendra la cadence. Ou pas ! Tout arrivera en temps et en heure.

Xavier a fourni un effort remarquable pour l'impressionner. Lili se sent à l'aise dans cet appartement idéalement situé pour visiter Paris à pied. Ils ont vue sur les toits des bâtiments avoisinants. Le lit est confortable et les pièces, quoique très peu décorées, sont immaculées.

Se livrer est un risque. Trop tard pour faire marche arrière, se dit-elle. Elle doute encore souvent, juste un peu, plus par habitude maintenant, mais voudrait une fois pour toutes se décider à assumer la passion qui la consume, ou bien se replier sur ses réticences machinales. Qu'en sera-t-il ? Le confort d'un refus familier ou l'aventure qu'offre le dépassement de ses peurs ? Ils méritent tous deux cette lucidité-là ! Le danger, Lili craint que Xavier perde vite tout intérêt pour elle.

« Je dois être sacrément toquée pour ce type pour faire ainsi ma chochotte », se dit-elle avec une pointe de dérision. Le sentiment amoureux l'envahit malgré ses velléités de résistance. Sa toux s'est enfin calmée. Elle se laisse envelopper de sa délicate attention. Timorée et angélique à la fois, à sa merci pour la toute première fois, presque sereine, les idées au beau fixe, le visage dans le creux de ses mains, elle s'abandonne à son amant.

Force de tendresse, Xavier lui ôte jusqu'à l'envie de se débattre. « Comment a-t-il fait pour contourner ma garde et me toucher ainsi en plein cœur, celui-là ? À première vue, il ne semblait pas si doué. »

Pourtant, dans son for intérieur, elle sait qu'elle lui a elle-même indiqué la fente dans son armure. Sans bruit, comme un brigand, il cherche à s'y enfoncer.

Lili pressent Xavier sur le qui-vive, sensible à sa coquetterie croissante, prêt au moindre trémoussement, à investir son corps, à faire cambrer sa volonté comme sa croupe sous la turbulence de son ardeur ; prêt à lui imposer une sensualité bestiale, un chaos primitif, sa façon singulière de célébrer l'amour.

Grivois, à quatre pattes, brûlant de désir, il prend d'infinies précautions pour ménager l'humeur de sa compagne. Hume la senteur de sa chair, la retourne doucement, interrompt ses tergiversations et se laisse étourdir par le piquant de son odeur naturelle. Le grain de son cuir fin, tout chez elle est fragrant, précieux, et délicat. Ses doigts agrippent sa crinière. Collé contre sa peau, Xavier connaît l'extase et, comme un étalon se satisferait de hennir jusqu'au bout de la nuit.

Paniquée, de ses doigts réticents, elle agrippe sa tête moite, plonge un regard grave dans celui de son mâle, cherche à ruser, à contenir sa fougue, et à interrompre sa transe. Devant l'intensité du désir de son chevaucheur, résister est futile. En désespoir de cause, terrassée par sa virilité, elle abandonne ses efforts, capitule et virevolte pour faire face à son bien-aimé tourmenteur.

Malgré la nuit glaciale, la fièvre est à son paroxysme. Subjuguée, pétrie par la force de son mâle, Lili ferme les yeux avant de renaître au désir, cette fois, non plus jugulée, ou anéantie, comme elle l'avait redouté, mais active, déchaînée, et ouverte au plaisir de ses sens. À présent, complice de son acharnement, sa vigueur polissonne alimente celle de son partenaire. Entremêlés, leurs deux corps, atterrissent sur le sol au pied du lit se fondant en un râle indifférencié.

Un front polaire décourage les sorties. Quitter un intérieur douillet reviendrait à risquer un accident, déraper sur la glace, s'étaler de tout son long sur la voie publique, amuser la galerie et peut-être même se casser une jambe. Rester au chaud à bichonner sa doudou est de loin préférable à tous ces désagréments. Illuminée par un soleil dardant qui s'épuise à réchauffer l'air, la ville peine à reprendre son souffle. Un vent brusque s'y oppose. L'échine courbée, emmitouflées dans d'épaisses couvertures, des âmes en peine occupent chaque recoin du métro. Les bouches d'aération soufflent l'air humide et chaud dont elles ont besoin pour retenir la vie.

Pour pallier l'ennui, avant son dernier voyage aux Antilles, Xavier avait poursuivi des aventures libertines. Il s'était satisfait des bras qu'on lui tendait sans tendresse. Lola, Marilyn, Hélène, Valérie, Élisabeth, Michelle, Françoise, une ribambelle de donzelles, plus voluptueuses les unes que les autres, rencontrées au hasard de ses déambulations. La chasse aux jupons avait rendu sa vie supportable. La sensualité et la luxure ont cet avantage sur la profondeur ! Ses conquêtes l'avaient encouragé à croire qu'il n'y avait rien de mieux sur Terre que la volupté. Plus besoin de remettre en question ses certitudes. Happé par des cruches, il avait trouvé une forme de validation sous leurs jupons. À bout de forces, il s'était requinqué à leurs mamelles nourricières. D'autres diables, plus miséreux que lui, victimes d'une infortune conjugale, broyaient du noir aux oubliettes.

Combien de temps encore, le choix du prévisible ? Combien de coucheries avant la déchéance ? En plus d'une maladie honteuse, Xavier avait craint la revanche d'un mari jaloux. Sans balise ni gouvernail, la vie avait échappé à son contrôle. Il s'était délecté à revivre en boucle les traumatismes de son enfance, à ressasser une rengaine sur le manque d'affection dont il souffrait encore. L'apitoiement, on l'imaginait, était devenu sa came de choix. En s'enlisant dans la bêtise, il faisait lui-même encore obstacle à son bonheur. Le manège qu'il menait le précipitait vers une ruine certaine. C'était sans compter sur Lili ! En Guadeloupe, il était tombé sous son charme.

Elle, une femme fatale qui telle une obsession vous trotte dans la tête et vous chavire le cœur, lui ôta jusqu'au goût de l'amertume. Qui était responsable de son changement de cap, elle ou bien la peur de se retrouver seul et sur la touche ? Quoi qu'il en soit, avec Lili dans le collimateur, à son retour de Guadeloupe, il retira son épingle du jeu des chaises musicales et reprit le dessus sur une vie qui s'effilochait.

L'amour s'offrait enfin à lui, l'impératif d'aimer par-dessus lui-même. Xavier chercha à évacuer les sentiments négatifs qui l'avaient animé jusque-là, à devenir un homme meilleur pour Lili et à lui faire une plus grande place. Elle lui donnait la reconnaissance dont il avait besoin. L'amour était un test de la confiance qu'ils avaient en eux-mêmes et choisissaient de partager. Lili incarnait un défi, l'espoir qu'il appelait de ses vœux les plus chers, mais la maturité aussi, et sa consécration ! Elle parlait avec entrain, lui rappelant que « la vie était cruelle, mais gratifiante aussi pour qui savait poser les bonnes actions et se remettre en question. « Tu gagnerais à te prendre en main, à développer tes ressources intérieures. Notre épanouissement commun en dépend. Personne ne te doit rien, Xavier ! Tout sera fonction d'où tu portes ton attention ! »

Ce à quoi il avait assisté le matin de leur première rencontre dans la petite librairie du MÉMORIAL ACTe était venu confirmer ce qu'il sentait déjà. Xavier savait sans savoir. L'amour est un esprit. Une force mystique l'avait poussé, les yeux mi-clos, à lever le nez de la table et, à s'ébrouer à la vue de celle qui était venue le trouver. Le regard volontaire, un ange de lumière, celui-là même qu'il avait appelé de tous ses vœux, avait pris forme humaine devant lui. Ils se connaissaient déjà sur le plan spirituel. Avec elle, les choses seraient différentes. Question d'intuition, de salut personnel aussi. Elle l'aiderait à démêler les fils de sa destinée.

Pour donner une identité à un homme, rien de mieux que le titillement de l'amour. De belles gammes, un faciès attrayant, un physique de rêve, rien de tout cela ne retenait plus l'attention de Xavier. Il planait, c'était plus fort que lui.

Le travail c'est la guerre. Le manque de préparation psychologique l'avait prédisposé à souffrir chez les autres. Il lui faudra du temps pour se défaire du boulot d'appoint, et pour démissionner de l'université, abandonner toutes formes de sécurité, faire comme son père, rentrer au pays natal pour sauver ce qui lui restait de dignité. Personne, pas même Lili ne pourrait résoudre son casse-tête à sa place. Question d'orgueil personnel. Pourtant, il a peur, car il n'est pas sûr d'y arriver seul. La décision du retour sera difficile et décisive. Il se raidit. « Au pire, si elle veut bien, Lili m'attendra jusqu'à ce que je trouve une solution. Ce ne sera déjà pas si mal. Ça existe encore des gens comme elle, sérieux, et dévoués ? Vraiment ? » Xavier attend beaucoup de Lili ! Elle semble faite de l'étoffe de ces Amazones qui se passent facilement des hommes.

« Une connexion spirituelle suffira-t-elle à nous préserver ? Si je prends trop de temps, ira-t-elle jusqu'au bout du voyage, ou notre histoire se transformera-t-elle en cauchemar ? » Les questions fusent et retombent sans réponse ! Ses peurs se déchaînent quand il dort. Manquant d'air, affolé, Xavier écarquille les yeux. Lili n'a rien capté de son angoisse. Ouf ! Elle n'est même pas dans le lit.

Elle serait restée bouche bée, si elle avait été là, choquée par l'immensité du doute qui le mine. Il lui aurait été impossible sans boule de cristal de calmer les craintes de son homme. Cloîtrée dans les toilettes, prête à y passer la nuit, elle se débat avec des coliques et un mal au ventre. Xavier doit apprendre à se morigéner en silence, et qu'il est judicieux de faire taire les pensées qui amenuisent sa confiance et assombrissent le bonheur. Il devra en découdre tout seul avec ses frayeurs, comme un grand, régler son compte à son vague à l'âme, et attacher son regard sur l'avenir qu'il souhaite par-dessus tout.

Émergeant des toilettes soulagée, Lili affiche un sourire narquois, gêné, l'air de dire « Fais-moi confiance. Il ne faut surtout pas entrer là-dedans maintenant » puis se remet au lit. Il fait encore noir dehors. Le sommeil reprend doucement le dessus sur l'agitation.

Chose rare à six heures du matin, la sonnerie stridente du téléphone retentit. Déclic familier des appels d'outre-mer. Xavier marmonne d'une voix enrouée :

— Allô, papa !

— Oui, c'est moi.

Il doit être minuit en Guadeloupe. Le vieil homme aurait dû être au lit lui aussi. Il marmonne sur un ton sentencieux. Xavier peine à l'entendre.

— Ton grand frère est en danger, Xavier. Il a besoin de ton aide pour retrouver son chemin. J'ai rêvé de lui cette nuit.

— De quoi parles-tu, Papa ? Je n'ai pas de frère, enfin !

— Oui, tu en as un. Plusieurs même. Des sœurs aussi. Celui-là s'appelle Romuald. Il est plus grand que toi. Il file un mauvais coton en ce moment. Faut que tu le retrouves avant qu'il ne soit trop tard. Tu as de quoi noter ?

— Quand avais-tu l'intention de m'en parler ?

— Je t'en parle maintenant. Mieux vaut tard que jamais. Non ?

Tombé au pied du lit, abasourdi, Xavier tâte la table de chevet à la recherche de quoi écrire. Il secoue la tête, incrédule. « Je n'en crois pas un mot. Le vieux a perdu la raison. C'est donc vrai ce qu'on dit ! Qu'est-il en train de m'arriver ? » Quel genre de personne cache l'existence de ses enfants ? Sa mine se renfrogne. « Il me parle d'un rêve. Comment puis-je le croire ? D'abord, qui est ce Romuald, son premier né, en plus ? » Pour des raisons sur lesquelles il refuse de s'étendre, son père vient de lui avouer avoir abandonné tous ses enfants, sauf lui. Xavier est le seul à avoir été reconnu. « Tout m'avait poussé à penser que je n'en étais pas le géniteur », avait-il répété pour se justifier. « La prudence est de mise. Le vieux déconne complètement. Ces enfants dont il parle, existent-ils vraiment dans la chair, ou se fait-il des idées ? Il ne me faut surtout plus gober tout ce qu'il me dit. »

Un rai de lumière filtre à travers la jointure mal fermée des deux pans de l'épais rideau occultant. Il balaie la pièce. Lili grigne sans s'en rendre compte et puis balance un bras engourdi au-dessus de la tête de Xavier. Un filet d'écume a séché sur sa joue. De la chassie s'est nichée au coin de ses paupières. Un bruit vient de la réveiller. Maintenant une odeur la dérange. Elle grimace. Une flatulence, peut-être. Les yeux à peine ouverts, elle cherche son compagnon.

— T'aurais pu m'épargner, dis donc ! Même pas une semaine que je suis là et tu te laisses aller comme ça ? Eh ben, voyons ! Que me réserves-tu d'autre ?

— Comment te sens-tu, doudou ? Je croyais que tu dormais.

Xavier se lève, entrebâille une fenêtre pour aérer la pièce. Un vent froid le fait frémir.

— Je me sens mieux. J'ai entendu des voix dans mon sommeil. Un cauchemar, peut-être ! Avant tout ce cirque, je dormais comme un loir. Après, mon sommeil a été plus agité. Mais, je crois bien être complètement remise de cette grippe. Et toi, tu vas bien ?

— Tu vas mieux. Ça se voit. Moi ? Ça va. Je suis là !

Lili a retrouvé l'éclat espiègle de leur première rencontre. Des boîtes de médicaments éventrées gisent sur le chevet de son côté du lit, témoins des soins que Xavier lui a prodigués. Le bougre est un chic type. Les attentions dont elle a fait l'objet le confirment. Son cœur s'arrête de battre chaque fois qu'il pose sur elle ses yeux hagards remplis de cette tendresse qui la fait craquer.

Il s'approche pour l'embrasser puis se ravise. La mine interdite de Lili l'alarme d'un danger : attention, halitose. Elle n'a pas encore brossé ses dents et panique à l'idée de sa proximité. Sans oser la regarder davantage, Xavier reprend place sous les couvertures. Pour lui avoir fait remarquer, même sans dire un mot, qu'elle aussi a mauvaise haleine, il mérite un malus. Ça fait longtemps qu'elle n'a pas ressenti un si grand engouement pour un goujat. Il semble détaché, et perdu dans ses pensées, à présent. Elle se cale contre lui pour éprouver son amour, loin de ses lèvres. Xavier tourne la tête et repense à son père. Dans cinq minutes, il quittera le lit pour la salle de bains.

Lili l'a suivi. Au-dessus des doubles vasques, côte à côte, ils se rafraîchissent l'haleine. Xavier se rase avant de la rejoindre au lit. Les rideaux entrouverts laissent apparaître une fenêtre refermée.

Le ciel grisâtre chargé de nuages de mauvais augure les convie à s'attarder au lit. Il menace de déverser son comble sur un Paris frileux. Pur bonheur! Lili disparaît sous la couette.

Elle taquine d'une main lente le ventre légèrement charnu de son gars. Il se contracte sous son toucher. La toute première fois qu'elle l'avait ainsi caressé, elle avait frémi de répulsion au contact de poils drus. Surprise! Ce matin, sa peau est imberbe et douce. Chez un homme, Lili a horreur de tout ce qui lui rappelle l'animal. Dorénavant, pour lui faire oublier la bête qui sommeille en lui, Xavier se rase chaque jour.

Avant de se lancer, Lili inspire bruyamment. Elle cherche à égayer l'humeur. Un bisou l'y aidera. Se faire des câlins, s'étreindre, c'est bon pour la santé, pense-t-elle. Elle voudrait s'accrocher à Xavier, se vautrer dans une mare d'ocytocines, et rivaliser de baisers jusqu'à ce que leurs lèvres se gercent. Le bonheur est un état d'esprit. À présent les seins à l'air, Lili reprend son souffle, puis se penche, songeuse, sur Xavier en quête d'un signe de son intéressement. Elle souhaite parler, il le pressent. Tout à coup grave, elle se fige puis fait cette moue propre à celles qui se préparent à faire des confidences. Il l'enveloppe de ses longs bras et cesse à son tour de gigoter. S'apprêtant à l'écouter, il la scrute. Il veut l'encourager à déballer son sac.

— Xavier. Je n'ai jamais été aussi heureuse, tu sais. Je ne veux pas que notre histoire s'arrête. Promets-le-moi, elle ne s'arrêtera pas.

— Pas question qu'elle s'arrête. C'est promis.

Il voudrait y croire autant qu'elle. Son cœur se resserre. Il partage son ressenti, mais ne souhaite plus révéler ses sentiments. Il ne souhaite pas glisser sur ce terrain-là. Dans sa tête, tout s'entrechoque. Il n'a pas l'habitude d'être heureux et se sent un peu mièvre.

— Je t'accepte dans ma vie Lili, avec tes bobos, tes rêves et tes cauchemars. Tout entière.

— C'est important pour moi. Permets-moi d'être transparente avec toi. Je suis ce qu'on appelle une empathe. Une personne d'une sensibilité extrême. Vulnérable, et sensible à l'énergie, aux émotions des gens comme des animaux. Avec une intuition aiguë et de puissants radars. J'intériorise beaucoup les émotions des autres, comme si c'étaient les miennes. C'est pénible à force. Ça déclenche des maux de tête, de la fatigue, et parfois une dépression chez moi. Mieux vaut que tu entendes tout ça de moi, pas de quelqu'un d'autre. On me fait passer pour une folle. Je me sens parfois déconnectée, et exclue, à cause de ces gens qui jugent trop vite, tout le temps. Être une empathe ça isole. C'est vivre à fleur de peau, ressentir les choses au plus profond. Davantage que la plupart des gens. Je tenais à ce que tu le saches.

— J'apprécie ta candeur. Merci de ta confiance. C'est surprenant que tu me racontes ça. C'est la première fois que j'entends parler de cette condition ! C'est tout à ton honneur d'être une personne franche et sensible.

— Depuis quelques mois déjà mes amis me taquinent. Je rayonne, selon eux. Ils veulent savoir qui est la personne qui me fait cet effet-là. J'aimerais tellement te les présenter quand tu viendras en Guadeloupe la prochaine fois. Ils font partie de la famille que je me suis créée.

— Qui sont ces gens ? Pourquoi eux d'abord et pas tes parents ? Comment vous connaissez-vous ?

— Certains sont des amis d'enfance. Les autres, d'anciens collègues avec lesquels je me suis bien entendue et dont le soutien a fait la différence après mon divorce. Ils étaient là quand j'allais très mal.

— Tu veux en parler ?

— Non. Pas vraiment, répond-elle en baissant les yeux.

— T'es une belle femme, Lili. Tu me plais, et tu plais aux hommes, en général. Je me demandais justement comment il se fait que tu ne sois pas mariée. Tu l'as donc bien été !

— Pendant un an. Il y a maintenant dix ans.

Elle fronce les sourcils puis s'affaisse légèrement.

— Il me battait. Je l'ai quitté. Fin de l'histoire... Tu m'excuseras. Aujourd'hui, je n'ai pas la force de revisiter le passé. On en reparlera un autre jour si tu veux.

Lili se tait. Sa mine se renfrogne. La détresse qui se lit sur son visage veut tout dire. Le risque d'alerter Xavier est trop grand. Elle n'est pas sans reproche et refuse d'ouvrir la boîte de Pandore. La gêne gagne du terrain.

Le silence appesantit l'ambiance. Agacé par son impuissance, Xavier se tord les doigts. « Ai-je mal interprété les signes ? » Il détourne les yeux, se réfugie dans ses pensées. Lili ramasse son smartphone. Elle ne s'y attendait pas, le souvenir qu'elle vient de partager lui fait encore très mal. C'est l'idée qu'elle se fait d'elle-même, une bonne à rien, incapable de gérer un homme, qui lui fait le plus mal.

Xavier ne sait plus quoi dire ni où se mettre. « Avoir tout pour être heureuse, et souffrir autant. Quel gâchis ! C'est à n'y rien comprendre!» Xavier se gratte le crâne puis se glisse lentement hors du lit. Il s'en veut d'avoir été maladroit.

Lili avait fait mine de vouloir se livrer. Des émotions refoulées l'en ont dissuadé. «De quoi a-t-elle donc peur? Pourquoi tant de mystères?» Foutue curiosité! Il a mis le doigt là où il ne fallait pas. Donc, avec elle, plus quelque chose m'intéresse, moins il me faut chercher à savoir. Xavier déteste ce sentiment d'injustice qui le rend impuissant.

Besoin de prendre l'air. Respirer à tout prix. On étouffe dans le huis clos de l'appartement. Lili l'observe. Xavier écarte les rideaux, jette un coup d'œil dehors avant de les refermer. Le ciel s'est éclairci. Le soleil s'est levé depuis une heure déjà et, à travers la baie vitrée, il déverse un flot d'une épaisse lumière dans la salle de séjour.

LILI

Sous la douche, il ressasse les quelques informations qu'elle lui a révélées. « Pourquoi moi ? Pourquoi elle ? Une femme en apparence parfaite a débarqué dans ma vie avec un vice de forme. Je dois faire attention et m'armer de patience. Les plaies invisibles qu'elle lèche ont le pouvoir de faire capoter notre histoire. »

Xavier vient de quitter la salle de bains. Il est huit heures du matin. « Où compte-t-il aller comme ça ? » Lili se précipite à son tour sous la douche, craignant qu'il ne sorte sans elle. « Cinq minutes suffiront. Qu'à cela ne tienne, je serai prête avant lui ! Pas question de rester seule dans l'appartement. »

Sa toilette terminée, elle s'enveloppe dans un long drap de bain puis tombe sur Xavier de dos, debout, nu au milieu de la chambre. Comme un forcené, il se trémousse à la Mick Jagger sur un rock décapant, s'acharnant à faire tournoyer son outillage qu'il observe, inquiet. Adorable, et ridicule en même temps, à gesticuler comme un septuagénaire, il doit croire que personne ne le voit. Le fou rire de Lili l'alerte de sa présence. Xavier s'arrête net. Trop tard. Il voulait éviter le ridicule. Il s'était attendu à ce qu'elle tarde sous la douche. Il se rue maintenant sur la penderie.

— Où vas-tu ? crie-t-elle. Ça te dérange si je viens avec toi ? Je ne veux pas rester ici seule.

— Du tout. J'ai un truc à faire dans l'appart d'à côté. Je m'occupe du chat de la voisine et j'arrose ses plantes. Elle a dû se rendre en Israël précipitamment. Son père a été hospitalisé.

La silhouette de Xavier se devine avec peine au loin. Lili claque la porte derrière elle et avance à petits pas pour le rejoindre dans le long couloir sombre. La main tendue, elle hésite puis tâte le mur à la recherche d'un interrupteur. Elle frôle un bouton puis l'enclenche. Il ne fonctionne pas. Décidément, rien ne va comme elle veut aujourd'hui. Au bout du couloir, un filet de lumière montre aussitôt la voie. La voix grave de Xavier l'appelle. Elle s'active.

Lili franchit le pas de la porte au bout du corridor avant de se faire éblouir par un nouveau décor. Chargé de plantes qu'une fée aux mains vertes aurait longuement caressées, un espace de détente inondé de lumière l'aspire lui procurant une sensation instantanée de bien-être.

Dans un coin de l'entrée, un gigantesque oiseau du paradis engoncé dans un cache-pot chinois bleu de grande taille accapare son regard. Elle avance. De la Médinilla, et du châtaignier de Guyane dans un panier en osier d'inspiration africaine, du philodendron grimpant sur tous les murs, de l'eucalyptus et un arbre de caoutchouc ; autant de plantes faciles à entretenir parmi une flore luxuriante.

Absolument tout contribue à son envoûtement. Les moulures, le parquet de Hongrie, la cheminée en marbre, les pièces truffées d'œuvres d'art, ainsi que des meubles coûteux dans un espace aérien, élégant où tout lui plaît. Aucune comparaison avec le trou à rats de Xavier.

Dans un bol posé sur le sol de la cuisine, il verse du lait et, dans un autre, ensuite, des croquettes. D'un pas leste, il se rend à présent aux W.C. pour déverser la litière de fibres végétales solubles. Il considère maintenant le bac qu'il doit rafraîchir. Lili l'observe aller et venir.

— Doudou, je me sens inutile. Que puis-je faire pour t'aider ?

— Euh, le chat perd ses poils. Tu trouveras un aspirateur dans le placard derrière toi. Si tu veux, tu peux le passer au salon.

— Pourquoi au salon seulement ?

— C'est là qu'il passe le clair de son temps ce fainéant. Passe-le partout si ça te chante.

— Il est vraiment très beau ce minou avec sa longue fourrure blanche et ses yeux bleus cristallins !

— Il m'appartenait, le traître. Surtout, ne t'y attache pas. À présent, faut qu'il garde ses distances. Il m'a quitté pour la voisine. Je l'aimais bien cette petite merde. D'ailleurs depuis, je ne suis plus ni trop chat ni trop chien. Tous des crapules. Je suis devenu allergique aux traîtres.

— Pourquoi as-tu accepté de dépanner la voisine ? lui demande Lili en pouffant de rire.

— On s'entend bien, elle et moi ! Elle est chic comme meuf. Fallait voir ça. Elle m'a pratiquement supplié à genoux. Ce n'est pas tous les jours que ça m'arrive.

L'aspirateur en main, Lili se dandine de pièce en pièce, s'imprégnant de la beauté du F4. Au-dessus du bahut, une bouteille à moitié vide de punch au coco fait maison attire son attention. Au bout du couloir, une présence incontournable la dérange. La maîtresse des lieux elle-même la toise grandeur nature dans un poster.

La brune hautaine aux yeux clairs la trouble. Lili se sent immédiatement diminuée, insignifiante. Sur le coup, son humeur change. « Cette garce a un chien fou ! » Rien chez cette fashionista radieuse aux faux airs de Monica Bellucci n'est fait pour la rassurer. Ni l'élégante taille de guêpe dans une chemise décadente open back en popeline laminée signée Balenciaga, ni les jambes à n'en plus finir, ni la silhouette élancée, haut perchée sur des Louboutins, ni les cheveux longs et soyeux, ni les traits fins. La moutarde lui monte au nez. La voisine l'agace déjà. « Salope ! » Les mains sur les hanches, façon pot à anses, témoignent d'une confiance en soi absolue. Ça se voit, on a affaire à une battante. Serait-elle en train de mettre le monde au défi de freiner ses ardeurs ? « Que veut-elle à mon Xavier ? » Elle semble trop forte et trop belle pour une confrontation directe.

Lili peine à comprendre. « Comment le punch au coco, la boisson préférée de Xavier, a-t-il atterri ici ? Quel type de relation Xavier entretient-il avec cette garce ? Dans quoi suis-je venue me fourrer ? » Elle regrette à présent d'avoir voulu le suivre dans le repaire de « sa maîtresse ». Lili en aura le cœur net, et reviendra fouiner une autre fois. Le visage empourpré de honte, elle file du couloir, résignée à débarrasser le tapis des poils du chat de sa rivale. Dans sa précipitation, elle s'emmêle les pieds dans le fil électrique de l'aspirateur et trébuche.

Éprouvante, la contrariété demande à être évacuée. « Si ça se trouve, Xavier n'a rien fait d'autre que d'aider une pétasse ! Sois logique. Pourquoi lui en veux-tu ? » Lili se sent ridicule. Sa petite voix, comme d'habitude, tente de la raisonner. Elle veut se changer les idées, partir admirer les somptueuses vitrines des grands magasins et éviter une scène. Se donner de la hauteur, monter sur les terrasses et prendre une vue magnifique de Paris.

— Pouvons-nous faire un tour du côté du boulevard Haussmann ? Ce serait trop demander ?

— Du tout. Mais d'abord, on passe à la Poste. J'ai un recommandé à récupérer. Ensuite, un p'tit déj au café du coin, si tu veux bien. Tout baigne, Lili ? T'en fais une drôle de tête !

— Tout baigne. T'occupe pas. Je cogite. Pas encore pris mon café.

La Poste du 65 rue du Rendez-Vous ne paie pas de mine. Elle est petite. Il n'y a pas encore grand monde ce matin-là. Le sourire aux lèvres, Xavier se dirige vers une préposée aguichante et joviale.

— T'as carrément changé de couleur, Fatima. T'es bronzée, dis donc.

— Pas mal, hein ? Je rentre tout juste du Maroc. Mes gosses m'ont payé une semaine au soleil.

— Chouette. T'en as de la chance.

Le sourire circonspect, Fatima remet une enveloppe à Xavier contre sa signature. Un petit autocollant placé dessus avec un drapeau américain et l'inscription « I voted » sert de cachet. Il comprend immédiatement qui en est l'expéditeur. C'est bien la première fois qu'il lui envoie un courrier postal.

Dehors, les passants pressent le pas. L'air glacial décourage la lenteur. Près de la porte d'entrée d'un tabac PMU à l'angle de la rue, Xavier tire une chaise pour sa compagne à une table lilliputienne.

— Garçon ! Deux cafés bien serrés et deux croissants, s'il vous plaît.

Au fond de l'établissement, trois personnes palabrent, assemblées autour d'une borne PMU. La plus courte sur pattes s'impatiente, tapote l'écran, pressée de déposer ses paris avant le départ d'une course. Souvent, des joueurs étourdis oublient le délai de 60 jours pour réclamer leurs gains. Grâce à eux, les sociétés de courses empochent plus de 40 millions d'euros chaque année.

— Excuse-moi, je dois faire mon loto. Comment gagner si on ne joue jamais ?

Xavier s'éloigne pour acheter deux grilles, une pour lui, l'autre pour Lili. Il fait un long détour, balaie les serveurs affairés d'un regard inquisiteur puis se faufile dans les W.C. Là, il déballe le courrier recommandé. L'enveloppe ne contient que deux feuilles. La première comporte deux phrases inscrites à l'encre rouge en plein milieu de page : « Pourquoi ne vérifies-tu pas ta messagerie ? Tu sais quoi faire ! » La deuxième est une photo de lui prise en pleine filature imprimée sur du papier ordinaire.

Malgré la peur qui le saisit au ventre et les fourmillements, Xavier lève les bras pour placer la première feuille devant une ampoule allumée. L'eau de riz, invisible à l'œil nu, devient visible à la lumière directe. « Petit crétin. Tu pensais qu'on ne l'aurait pas su. Tu mets en danger nos opérations. Qu'est-ce que tu foutais là ? Ta copine n'est pas aussi clean que tu crois !

Consulte ta messagerie et contacte-moi. C'est urgent. » Xavier déchire les papiers en mille morceaux avant de les lâcher dans la cuvette et de tirer la chasse d'eau.

Désarçonné, il craint le pire maintenant, mais fait l'effort de revenir à la table en sautillant, la mine au beau fixe.

— Tiens ! C'est pour toi.

— Une grille. Merci Monsieur le charmeur. dit Lili en se forçant à sourire.

Le café au bord des lèvres, Xavier ferme les yeux pour en humer l'arôme avant d'engloutir une gorgée ; évitant ainsi le regard suffisant de Lili qui l'inquiète. Il ne sait pas pourquoi elle semble si courroucée depuis qu'ils ont quitté l'immeuble. Elle plonge un œil tantôt dans sa tasse, et tantôt sur lui.

— Pourquoi me dévisages-tu ainsi ? murmure Xavier, brisant subitement le silence.

Sans rien dire, Lili se ravit de sa gêne. La mine déconfite qu'elle prend indique qu'elle lui tient grief de quelque chose.

— Que me reproches-tu ? Pourquoi ce silence ridicule ? Accepte au moins d'en parler !

— Tchip !

Le bruit familier de la succion de ses lèvres contre ses dents irrite Xavier. Chez les Noirs, ce son exprime le mécontentement. Lili gloussote. Xavier s'inquiète.

« Pourquoi ricane-t-elle à présent ? La malice dans son regard commence à me taper sur les nerfs. »

Affectant l'amusement, le sourire en coin, Xavier relève la tête maintenant pour confronter du regard l'air narquois de Lili. Vexée par son attitude qu'elle juge cavalière, elle se rebiffe, efface son propre sourire et se glace. C'est foutu ! Il n'y aura pas d'entente possible aujourd'hui. La lune de miel est bel et bien terminée, et il ne comprend pas pourquoi. Les dés sont jetés.

Accoudés au bar, des hommes gras reluquent une serveuse en chair qui reprend son service. Au loin, elle reconnaît Xavier de dos, et s'en approche trépidant de joie. « Il est avec quelqu'un. Peu importe. » La serveuse modère son entrain. Le visage de la femme qui l'accompagne devient plus net. Son charme l'interloque. Elle se baisse pour faire mine de souffler par-derrière dans l'oreille de Xavier puis éructe :

— Elle est top la nouvelle.

Xavier sursaute et avale de travers. Se tournant à présent vers Lili : « Conseil d'amie, ma belle. Si une meuf bonne comme moi se mange un râteau, t'as intérêt à faire gaffe avec ce zigoto-là. Un vrai tombeur. J'ai peur pour toi. Ne dis pas qu'on ne t'aura pas prévenue ! »

— Foutez-nous la paix, Mademoiselle ! hurle Xavier dont l'emportement décontenance Lili.

— Le 7 sur 10 te dit merde, Xavier Sodonis.

Le regard braqué sur Lili, la serveuse tire sa révérence à reculons dans un déhanchement disgracieux. Un silence tendu tombe sur l'assemblée. Lili scrute la pièce pendant quelques secondes, bat des cils puis s'assombrit une fois de plus. L'envie de disparaître traverse son visage. Elle évite le regard supplicateur de Xavier qui, pour sauver la mise, se met à parler vite et à gesticuler.

— Ne fais aucun cas de cette foldingue. Tu l'as bien vu, elle a cherché à m'humilier. Sans provocation, d'ailleurs. Elle m'a fait du rentre-dedans, il y a quelque temps, et je l'ai rembarrée. Fin de l'histoire, tu sais tout. Je n'ai rien à cacher. Elle ne m'intéresse pas.

Lili ne l'écoute plus, et s'affole. Elle ne veut rien entendre. « Me suis-je trompée sur son compte ? Il s'est passé quelque chose entre eux ? Il l'a grugée ? Pourquoi autant de hargne ? Pourquoi s'est-elle ainsi couverte de ridicule ? Il se fout de moi, celui-là. »

Lili dévisage Xavier sans comprendre pourquoi elle est venue se fourrer dans son histoire. « Trois rivales en moins d'une heure, c'est gros, c'est le bouquet ! Il est en pleine forme, le zigoto. » Le charme est rompu. Acculé, il a haussé le ton, s'est montré sous son plus mauvais jour. « Cet homme à femmes ne mérite pas ma considération. Pourquoi me faire venir ici pour m'humilier ? Il ne sait plus quoi dire ni quoi faire, et ferait mieux de la fermer. Lamentable ! »

Lili fronce les sourcils. Xavier plaide encore pour qu'elle fasse fi de ce qui vient de se passer. Son corps se crispe. Son regard se durcit. Elle n'accorde plus d'importance à ce qu'elle considère comme des gémissements. Dieu seul sait à quel point elle avait redouté un moment comme celui-là. Les hommes sont décidément tous pareils !

Lili s'est levée de table trop vite, a mal à la tête, et hurle aussitôt.

— Je n'en peux plus. Je veux quitter cet endroit sur-le-champ ! Tu entends ?

L'air contrit, la tête baissée, Xavier tient la porte ouverte pour la laisser passer et puis lance un dernier coup d'œil hargneux à la serveuse, sous l'attention médusée des habitués du bar. Elle accompagne le doigt d'honneur appuyé qu'elle lui fait d'un sourire niais. Xavier tire la langue et laisse claquer la porte derrière lui.

Lili marche à pas rapides vers une destination inconnue, perdue dans ses ruminations. Elle court presque. Le froid la ravigote. Xavier peine dans son sillage. Gardant le silence pour ne pas aggraver la situation, il maintient la cadence clopin-clopant au rythme qu'elle lui impose. Ne plus rien dire du tout. Ne pas se plaindre pour ne pas passer pour un faible. « À quoi s'attendait-elle ? J'avais une vie avant elle. Je suis un homme quand même. Pas un gobe-mouche. »

Éblouie par une verdure épaisse, Lili bifurque sans crier gare. Elle pose un pied mal assuré sur un gros pavé dans une rue transversale bordée de vieilles maisons aux façades patinées. Sur les rebords des fenêtres, en hauteur, dans des pots colorés en plastique non gélif, elle fixe du skimmia mêlé à des bruyères d'hiver, des choux d'ornement et du microbiota. Traversant une artère, un tunnel sous un arc de glycines, plante rustique, exubérante qui habille si bien les murs, ils cheminent pour rejoindre un poumon d'oxygène en verdure en plein cœur de la ville. Même en hiver, la nature ne dort pas. Il leur faut s'aérer et, pour le moment, éviter surtout de se retrouver à deux confinés dans l'appartement !

Lili s'arrête pour reprendre son souffle, vérifier que Xavier est encore derrière elle. Une larme solitaire coule sur sa joue asséchée par le froid. Résolue, elle virevolte puis fonce droit sur lui. « Espèce de goujat ! » Le regard révulsé, elle se campe et lui assène une paire de gifles cinglantes. Xavier réprime l'envie de riposter et ne réagit pas. Il inspire profondément, la regarde lui aussi droit dans les yeux :

— Et tu me frappes maintenant ? Je suis confus et très déçu. Je ne sais pas ce que j'ai fait pour mériter ça. Il me faudra un jour comprendre ce geste. À ta place, je ferais preuve de davantage de retenue, et de curiosité aussi avant de tirer des conclusions hâtives !

L'âme en peine, Lili aimerait le détester et, dans l'instant, contrite, se rend compte que malgré les reproches qu'elle aurait voulus lui faire, sans preuve, elle ne sait vraiment rien de rien. Et, manque de bol, plus rien ne colle plus dans sa tête. Elle a disjoncté. Ils n'iront pas flâner sur le boulevard Haussmann aujourd'hui. Le retour à l'appartement se fera à pas lents, et mesurés, dans un silence confus. Xavier a hâte de reprendre les choses en main.

Plusieurs heures de télé-réalité sur la nouvelle smart TV ne parviennent pas à atténuer le besoin de communiquer. Un silence à rallonge menace de tuer toutes leurs chances de réconciliation. Même maladroitement, plus que tout, Xavier cherche encore à colmater la brèche.

— Tu sais Lili, je ne suis pas du genre à supporter ce type d'âneries.

— Pourquoi me parles-tu comme ça ?

— Je veux que tu te le mettes dans la tête. C'est tout.

— C'est parce que je t'ai giflé que tu dis ça ?

— Dis-moi. T'as des palanquées d'amis, toi ? Virtuels aussi bien que réels ?

— On peut dire ça. Pourquoi tu demandes ? C'est pas pareil pour tout le monde ?

— Moi, je n'en ai pas des masses.

— Tu me juges ? Qu'essaies-tu de me faire comprendre ?

— Comment arrive-t-on à distinguer les vrais amis des faux ?

— Mes amis sont tous sincères.

— Ah bon ?

— Où veux-tu en venir ? Tu me cherches, c'est ça ? T'as quelque chose à dire, dis-le.

« Déplorable ! Quel sale caractère ! Pas question de révéler le fond de ma pensée, de m'engager dans une voie glissante avec elle. Ça ne laisse rien présager de bon pour notre relation. Décidément, elle complique tout, cette femme. Prises de tête, et tout le tralala ? Qui aurait idée d'accorder plus d'importance à des soi-disant amis qu'à ses propres parents ? C'est du n'importe quoi ! Même s'il n'est pas évident de ramener ce sujet-là sur le tapis, je ne renoncerai quand même pas. »

— J'aurais tout donné pour avoir une vraie famille, moi.

— C'est quoi ce délire ?

— La famille c'est sacré. Elle est censée donner force et soutien. Non ?

— Oui, et ?

— À la maison, mon père communiquait par grognements. Il ne s'adressait à moi avec des phrases complètes qu'en public. Être gentil avec un gosse, sans témoins, ne faisait rien pour arranger son image. Il m'aboyait dessus tous les jours et ne manifestait jamais la moindre tendresse. Quant à son épouse... Cette Victorine Sodonis ! Je ne veux même pas en entendre parler. La pouffiasse se moquait de moi. Elle a abusé de ma confiance, et m'a manipulé. Quand l'envie lui prenait, elle répétait à qui voulait l'entendre que je ne serai jamais qu'un bon à rien.

Mon père observait sans broncher, souriant bêtement, cautionnant son mépris. Pas un pour sauver l'autre. Famille de tarés, va ! Gamin, je n'avais qu'une obsession, m'enfuir aussi loin que possible de cet enfer qu'ils me faisaient subir.

— Et moi qui croyais que tu avais eu une enfance heureuse. C'est bien la première fois que tu me parles de ça. Qu'attends-tu d'eux à présent ?

— Du respect, de la validation, un minimum ! Des excuses aussi, je suppose. Une revanche, probablement.

Xavier avait évité de s'étendre sur son enfance. Sur les réseaux sociaux, avec attention, il avait écouté ce que Lili révélait, et l'avait encouragée à s'ouvrir.

— C'est à n'y rien comprendre. Toi par contre, tu m'as parlé des sacrifices et du soutien indéfectible de tes parents, pourtant tu leur préfères des gens qui n'ont jamais rien fait pour toi.

Il cherchait à sonder si Lili s'était moquée de lui, et s'il devait accepter qu'elle fût aussi naïve qu'elle avait voulu lui faire croire.

— Dit comme ça, en effet, ça paraît con !

Au téléphone, elle s'était vantée que ses amis les plus proches, qu'elle considérait comme des frères, l'amenaient parfois danser en boîte à tour de rôle. Elle s'était beaucoup amusée grâce à eux lors de nombreuses nuits blanches. Xavier s'interrogeait. « En quoi ce genre d'activités avec ses prétendus amis différaient-elles de ce que font des gens qui baisent ? »

Devait-il rester sur ses gardes, ou bien mettre ses inquiétudes au placard et lui accorder le bénéfice du doute ? Pas si simple. Il ne la connaissait pas depuis assez longtemps pour trancher. Était-ce une femme comme ça qu'il lui fallait ? Une bonimenteuse qui s'ignorait, allumeuse de surcroît ? Il attendrait pour en avoir le cœur net. Lui aussi pouvait jouer à ce jeu-là, et arriver à des conclusions hâtives.

— Comment sais-tu que tu peux compter sur quelqu'un, Lili ?

— Je ne comprends pas ta question. S'il te plaît, sois plus clair.

« Impossible de la coincer. Se moque-t-elle de moi ? La tâche n'est pas aisée. Est-elle naïve à ce point ou juste sans vergogne ? La chipie entretient avec les hommes des rapports ambigus ! Malgré tout, elle éveille en moi un instinct protecteur. Ai-je encore misé sur le mauvais cheval ? Comment être fixé sur son compte ? Puis-je même croire ce qu'elle me dit ?

Pourquoi m'a-t-elle raconté tout ça ? Cherche-t-elle à me rendre jaloux ? Amis irréprochables, tous de chics types, les uns autant que les autres, et patati et patata. C'est ça, je m'appelle Jojo le clown. Ne remarquent-ils donc jamais ses courbes, ses seins, qu'elle déborde de sensualité ? Même pas les jeans moulants qu'elle affectionne, rien chez cette beauté antillaise, ne réveillerait leur libido ? Ils doivent la flatter pourtant, lui faire des compliments. Elle en raffole ! Comment pourraient-ils rester insensibles à la chair comme elle le prétend ? Ni ce visage radieux, ni ce sourire coquin, ni cette croupe alléchante ne viendraient les troubler ? Ce sont des eunuques, peut-être ? Foutaises. Je n'y crois pas. Pendant tout le temps qu'ils ont passé ensemble, les occasions de la prendre dans leurs bras, et de la tripoter n'ont pas manqué pourtant. Quel genre de relation entretiennent-ils vraiment ? Gobent-ils tout ce qu'elle leur dit, eux aussi ? »

Xavier se fait du mal. Il se triture les méninges. Rien dans sa compréhension du monde n'explique une telle aberration. Il s'en veut de penser comme ça, et se trouve mesquin, mais c'est plus fort que lui. C'est elle qui a commencé ! La seule explication, «Lili est une traînée!» La pensée fait monter sa tension le plongeant dans un désespoir faussé par la colère. «Comprend-elle même ce qu'elle est en train de me faire vivre? Je ne la sens plus, là.»

Lili connaît déjà le terrain dangereux sur lequel Xavier cherche à l'emmener et refuse de le suivre à l'abattoir. S'il désire patauger dans la gadoue, il le fera sans elle.

— Tu cherches quoi au juste, toi aussi ? À me contrôler ? J'en suis pas à mon premier rodéo, tu sais ?

Par principe, elle ne parlait pas aux hommes qu'elle ne connaissait pas, fuyait leur contact, et ne soutenait jamais les regards insistants. Xavier avait été une exception, mais il ne s'en rendait pas encore compte. Son ancien compagnon lui avait reproché une attitude hautaine, froide, et l'avait traitée d'allumeuse. Le mystère qu'elle entretenait, disait-il, attisait la convoitise. Lili avait rejeté cette caractérisation en bloc, et avait répondu : « Un homme obtus a tant de vices, il vous accuse des crimes qu'il commet lui-même. »

Il avait insisté : « Chez une femme, l'apparence ne se néglige pas. Elle indique son intention. » Hardi, il avait rempilé : « Un contact oculaire, et puis, hop, tête de linotte, ton monde culbute. Une femme invite l'agression quand elle expose son corps à tout va. » Le « À tout va » la dérangeait. Et, « Qui exposait son corps ? » Pure élucubration.

— Mon ancien copain était un sot qui rétrécissait mon cerveau. Un homme sans envergure, à l'ego fragile. Il m'étouffait ! « Sois comme ci, ne fais pas ça. Sois ce que je veux que tu sois, et rien d'autre. » J'attends bien plus de toi, Xavier.

Je ne me vante pas, je n'ai jamais eu besoin de me faire remarquer. Sous ce rapport, je n'ai pas grand-chose à faire. On me voit que je le veuille ou pas. Je suis élancée, et j'en impose.

En public, je ne devais pas sourire, plus regarder personne, plus parler, et pendant que j'y étais, pourquoi pas arrêter de respirer aussi ? « Certains interpréteraient mon regard comme une marque d'intérêt », disait-il. « Les hommes chercheraient à exercer sur moi un contrôle de tous les instants. Sourire ou périr, il fallait choisir ». Espèce de taré ! Je souriais quand même et sortais comme je voulais, en dépit de tout. Rebelle, mais pas folle, pas question de me faire arracher la culotte ni contrôler par un con. J'évoluais, la peur au ventre, mais j'évoluais.

Au fil du temps, après moult micro-agressions, conversations sans queue ni tête, conflits larvés menaçant de se transformer en violence langagière puis psychologique intense, pour finir en sévices corporels, je me suis rebiffée. Mon bourreau me tenait pour une sorcière responsable de sa propre turpitude. Je m'en fichais. Moi, l'objet de toutes ses obsessions, je lui ai dit merde et l'ai damné à sa folie furieuse.

Flippée, mais pas conne, ni pute ni soumise, j'ai tracé. Une voix têtue m'incitait à couper le cordon de la co-dépendance, à me sauver pour imaginer une vie sans contraintes dans laquelle je danserais corps et âme, et panserais mes plaies en toute liberté. Mes phobies m'ont montré la marche à ne pas suivre. Un monde sans hommes représentait pour moi une traversée du désert spirituel, un chemin de croix, en fin de compte, salvateur! C'était sans compter sur notre rencontre!

Écoute-moi bien, Xavier Sodonis! Jadis, j'ai poussé l'hystérie jusqu'à rompre sans appel tout contact avec les machos qui cherchaient à contrôler ma vie. Pas besoin d'hommes! La déception m'avait poussée à me projeter dans un avenir sans sexe. Jamais plus personne ne m'empêchera de cultiver les amitiés que je choisirai, et si ça me chante, de sortir arroser mes soirées. Les aspirants geôliers, sadiques et fous de leur propre impuissance, se dépiteront à me surveiller en se branlant, à distance, prenant leurs fantasmes pour la réalité. La prisonnière s'est fait la malle. Ce serait tellement bien que tu ne reproduises pas les mêmes schémas foireux ! Mes potes que tu crains tant sont homos. Ça te va ? Tu te sens homme, maintenant ?

Je me suis retrouvée à avoir peur de mon ombre, des mâles, et de leur convoitise, de leur drôle de façon de montrer qu'ils m'aimaient, à m'ennuyer, très seule. Je me suis efforcée d'apprivoiser mes larmes, en dépit des peurs de mes proches, de faire un effort surhumain pour reprendre confiance en moi. Ma mère me répétait : « Mi déba ! Comment feras-tu toute seule, ma chérie ? »

Pour faire taire mes craintes, je me suis plongée dans le travail. Toujours au rendez-vous, il ne manquait jamais. Je me suis laissé prendre à son jeu, accaparée, plutôt. Puis meurtrie au plus profond, j'ai chamboulé mes certitudes, réémergé, réappris à souffler, à être tendre envers moi-même, et à m'aimer sans douter, sans brader mes valeurs. Méfiante, je ne croyais plus en l'amour, mais en secret, j'espérais sa magie. Et puis, l'évidence même, la Providence, a parachuté un miracle dans

ma vie, toi, Xavier Sodonis. Un pauvre
imbécile !

NESTOR

Un goût métallique dans la bouche, la tête dans le cirage, empli d'une sensation de vide et d'impuissance, Nestor, que les évènements dépassent, mains et pieds ligotés, se regarde grimacer, terrassé par la force herculéenne d'un homme qui lui a volé son visage. Pas celui d'aujourd'hui, mais la version moins usée, plus orgueilleuse et conquérante d'antan. Il décèle de la haine dans le regard qui le transperce, et quelque chose de pire, une expression nouvelle, une excitation débordante, peut-être, de la maniaquerie même.

À quoi cela rime-t-il ? Expérience mystique, cérémonie vaudou ? De quoi s'agit-il vraiment ? Un sabre en acier à la lame affilée apparaît d'un coup. Il le tranche lentement, comme on tranche un cochon, de haut en bas puis en travers, en signe de croix. Son sosie s'évanouit dans la pénombre brumeuse sans laisser aucune trace, l'abandonnant pour mort sur son chemin de croix. Ses cris sourds sont en vain. Longuement prémédité, le crime passera inaperçu.

« Que m'arrive-t-il ? » Personne ne peut l'entendre. Il est seul dans un parc à cochons. Son cœur s'emballe une dernière fois. Nestor se voit dépérir. Il suffoque. Le sang coule. Ses entrailles finiront dans le ventre des porcs et la fange dans laquelle ils se vautrent. Une vague de chaleur l'envahit. Il se voit basculer, perdre tout contrôle, s'affaisser, s'enfoncer dans le sol avant de se dissoudre.

La puanteur et un violent haut-le-cœur l'arrachent à son sommeil. Il a fait sur lui, a inondé son pyjama de chiasse. Il sue à grosses gouttes. Trempé, désespéré, il se tourne vers sa femme, Victorine, cherche à s'accrocher à son regard, à son corps. Elle dort profondément encore. Il l'agrippe. Hagard, il la scrute puis lui vomit dessus. Réveillée en sursaut, recouverte de sa bile, elle explose dans un vacarme d'insultes et de protestations. « Fan de gas » (fils de pute).

Plus effaré encore qu'elle ne l'est, apeuré, Nestor, ne trouve rien à dire d'autre, pour sa gouverne, que :

— C'est la faute de Romuald. Il veut ma peau.

NESTOR ET VICTORINE

« Du matin jusqu'au soir, ces fantassins de l'enfer à la face ravinée vocifèrent comme des gens sans éducation. À quoi bon occuper une si belle forteresse si les murs n'arrivent plus à protéger les secrets de famille ? Autant laver le linge sale en public, et faire ses besoins dans la rue. Ces gens-là sont des squatteurs. C'est tout comme ! » Pensait le voisinage incommodé.

La bâtisse de neuf chambres comme on n'en fait plus guère, autrefois convoitée, se retrouve condamnée au délabrement par des hôtes plus soucieux d'assouvir leur perversité que de rivaliser avec des voisins qu'ils méprisent. L'âge amène la décrépitude. Ils s'en foutent. Décrépis, ils le sont et ils le resteront. Ils n'ont plus rien à prouver ou cacher. Ils ont déjà gagné, question de perspective.

Autrefois ambitieuse, la famille Sodonis accapare encore les meilleurs espaces pour leurs entrepôts de commerce de gros florissants dans l'économie insulaire. Que n'offrent pas fortune et visibilité ? Le pouvoir est un aphrodisiaque. Plus belles les unes que les autres, les occasions d'accouplement abondaient.

Épuisé par une vie de débauche, il loue des bâtiments, et a laissé la gestion quotidienne des entreprises Sodonis à ses neveux et nièces. Il refuse de faire l'effort de comprendre les nouveaux termes qu'ils ressassent, drop-shipping, e-commerce... Le vieux père Sodonis vit maintenant de ses rentes. Dans l'ordre des déchus, il s'occupe à siroter le temps qu'il lui reste sur terre, et se fiche de ce qu'on dit de lui. Hier, il rehaussait le quartier. Aujourd'hui, il l'emmerde. Sa conduite l'avilit.

Par ses tapages nocturnes, Victorine, son épouse, un esprit malfaisant, agace le voisinage. Personne n'ose plus s'en plaindre ouvertement. Une fois qu'elle tourne le dos, la peur des mauvais sorts au ventre, on la toise dans la rue et on crache sur son passage comme pour exorciser un mal. Si Victorine éveille le mépris, en revanche, son mari provoque la pitié. Sieur Nestor Sodonis n'est plus que l'ombre de sa femme. Un homme veule, dépouillé de sa superbe, qui se dissipe, avec pour seule arme, l'insolence, lui, le petit dernier d'une famille de mulâtres.

On croit le bougre gâteux. Tous les jours, il boit et rabâche le même couplet, « Romuald, Romuald. Pardonne-moi, mon petit. » Il est saoul. On ne l'écoute même plus quand il se met à beugler le nom d'un enfant que personne ne connaît. C'est comme ça que l'on sait que chez lui, l'alcool a fait son effet.

Les yeux presque éteints, engoncés dans un visage ravalé, il ressemble à ces hommes taciturnes profondément meurtris que la vie dépose blip chaque matin dans un lolo sur un travers de route devant leur Ti sèk quotidien. À en croire ce qu'il dit, il n'aurait connu que déboires. La peau claire, les pommettes saillantes, un poil oublié sur un crâne dégarni, d'épais sourcils foncés sur un front épanoui, des petits yeux clairs, un nez aquilin, et des lèvres charnues complètent le profil assez flatteur d'un tombeur avachi. De loin, on le prend pour un Blanc. De plus près, on remarque qu'il n'en a que l'allure.

Il déteste qu'on l'appelle chabin. « Nom vulgaire destiné au croisement entre un bouc et une brebis », il tempête. Son épouse l'accuse de ne pas se laver, et d'empuantir son foyer. Elle valide, il a bien le profil, dit-elle. Il est plus bouc que brebis. Le bouc est l'associé du diable, il n'y a là rien d'étonnant.

Deux vieux corps encore ensemble pour des raisons pratiques. Dans le temps, Victorine avait tout juste flashé sur lui, cultivé un béguin, jamais vraiment aimé, raconte-t-elle à qui veut l'entendre. À présent, elle le supporte à peine. Las de faire les frais de son fouet et de ses moqueries et pour déjouer ses sortilèges, Nestor lui balance chaque jour des « fan de gas » et des « kouni a manman-w » (enculé de ta mère) hargneux. On berce en pleine violence conjugale. L'absence de filtre indispose, met tout interlocuteur à mal. Leurs babillages incessants soudent la mauvaise opinion que le voisinage se fait d'eux.

Xavier en a trop honte. Lili ne saura rien de ses origines. Pas question de la présenter à ces bolokos de parents, des gens bien trop quelconques ! Il craint pour Lili. Elle risque l'apoplexie. Par pure complaisance ou au nom de la candeur, elle qui brandit ses états d'âme comme autant d'étendards, avec sa sensibilité à fleur de peau, Si elle les rencontrait, il en est convaincu, elle en viendrait à tous les mépriser.

Xavier comme le reste de la famille refuse, à présent, de passer la nuit à Saint-Claude. Il n'y fait escale qu'en coup de vent. Huit ans déjà qu'il a pris le large ! Victorine se targue d'avoir asséché le marais. « Les toxines et les sangsues ont déserté mon cloître, dit-elle. Seul Sieur Sodonis, le vieux verrat à mes côtés chaque jour, depuis la retraite, me donne encore la colique. » Excellente dans le rôle de fomenteuse de troubles, Victorine sait se maîtriser quand il le faut absolument, c'est-à-dire, si le faire sert ses intérêts. Quand la familiarité s'installe, elle distribue ses sautes d'humeur aux invités qu'elle chahute volontiers s'ils se laissent faire.

Rien chez son époux ne lui agrée plus. Ni sa bedaine ni ses flatulences, et encore moins les relents de ti-punch qui lui rendent l'haleine fétide. Elle n'en peut plus de son gros pif aquilin. Une horreur! Ces deux-là vivent à couteaux tirés. Elle ne supporte plus rien chez lui. Elle le retournerait volontiers à son ex, si c'était encore possible.

Voilà comment chaque jour démarrent les hostilités. Devant Nestor, à genoux, elle prie le Bon Dieu à voix haute qu'il le charroie au plus vite en enfer. Au bord des larmes, excédé, il marmonne des malédictions lapidaires. C'est aux dépens des autres que Victorine s'amuse. Dévisageant son vieux bougre au bord de la crise de nerfs occupé à se détordre le visage, elle éclate d'un rire macabre.

Les oiseaux de mauvais augure se méritent. Qui se ressemble s'assemble. Comme une allumette et une bonbonne de gaz, ils forment un cocktail explosif. Tout le monde le sait, et Xavier y croit dur comme fer, uni dans le péché, acariâtre comme elle est, sa belle-mère ne pourrait pas plus vivre sans son père que son père ne pourrait vivre sans sa femme. La haine qu'ils se témoignent l'un l'autre les aide à s'agripper à la vie. Sans elle, ils ne seraient que des épaves. Des loques humaines rivées à l'existence par le souvenir de jours meilleurs.

VICTORINE

Jadis, Victorine s'était tenue à carreau dans la maison de mode parisienne où elle avait travaillé. On l'avait prévenue. Elle retournait sa langue dans sa bouche cinq fois avant de dire un mot. « Gare à toi si tu pourris l'ambiance, ici ! » Son employeur, peu commode lui aussi, ne tolérait pas son irascibilité.

Fort sympathique, Christine, une styliste de talent, alors l'épouse de Nestor, la prenant en pitié, se lia d'amitié avec elle. Dès leur première rencontre, elles s'apprécièrent comme deux sœurs qui se retrouvaient après une longue absence, et s'attelaient donc à renouer des liens de confiance.

Le talent de Christine était connu des aficionados et des gens branchés du milieu. Côtoyer une étoile c'était un peu profiter de ses lumières. Opportuniste, Victorine voyait en elle un investissement dont il lui faudrait tirer profit. « Quand on trouve un filon, il faut savoir l'exploiter. » Elle encourageait Christine à établir sa propre enseigne lui faisant miroiter une fortune à venir. Qui sait maîtriser le vent moissonnera ce qu'il sème.

Victorine poussa l'audace jusqu'à offrir son aide à Christine en qualité de conseillère matrimoniale en formation ; une activité qu'elle aspirait à exercer à temps partiel. Elle souhaitait voir son amie remonter la pente sur laquelle son mariage dérapait. « Ce n'est pas bon pour tes affaires, mon cœur ! Pour créer, il faut avoir l'esprit tranquille. » Elle s'y connaissait en hommes. Les échanges allaient bon train. « Les Antillais ne sont pas très compliqués. Du Ti punch, des plats épicés, des coups de reins, le tout bien dosé, suffit généralement à les recadrer. » Christine rigolait de la sottise de son amie, mais la trouvait de bonne composition.

En fin de semaine, le vendredi soir suivant, invitée à dîner à la bonne franquette, Victorine se présenta chez son amie sur les coups des dix-neuf heures. Sodonis ouvrit tout grand la porte aussitôt qu'il l'aperçut à travers le judas. Tout en muscles, beau garçon, ses yeux scintillaient. Enfoncés dans leurs orbites, ils dardèrent sur elle une convoitise qui l'indisposa sur le coup. Les traits rehaussés par un sourire fada, le cerveau en nage dans la testostérone, l'homme ne masquait même pas son ardeur. Quand finalement il ouvrit la bouche pour retrousser sa langue, un son caverneux s'éleva :

— Victorine, c'est ça ? Je suis Nestor Sodonis. Heureux de te rencontrer. J'ai beaucoup entendu parler de toi, lui dit-il en grignant, l'œil vicieux.

— Euh, enchanté ! Moi aussi. Ah ! C'est donc vous le mari de Christine ! Bonsoir Monsieur.

Malgré ses sourires feints, le trouble de Victorine était palpable, des convulsions inavouables l'ébranlaient. Subjuguée dans l'instant de la rencontre, elle parvenait à peine à dissimuler son émoi. « Quel charisme ! » Il était trop tard pour prendre ses jambes à son cou. Victorine se résolut donc à garder les pieds sur terre et à se contrôler du mieux qu'elle le pourrait.

Ce soir-là, elle soutint avec le plus grand mal le regard impérieux qui la déshabillait. L'homme ne tenait pas en place. À sa merci, talonné par son magnétisme, elle s'émoustillait. « Quel énergumène ! » Même devant Christine, son épouse, il ne faisait montre d'aucune pudeur. « Pourquoi ai-je accepté de me mêler des affaires d'une autre ? De croire que mieux que n'importe qui d'autre, je saurai rapiécer un mariage qui s'éfaufile ? »

Sous la sollicitude de monsieur Sodonis, lui rappelant l'état de manque et de désœuvrement sexuel dans lequel elle se trouvait, ses tétons avaient durci et son cœur avait battu la chamade. Rien n'était censé se passer comme ça. « Comment avait-il fait pour deviner que mon lit est froid ? Christine remarque-t-elle mon désarroi ? Voit-elle sans voir ? On aurait dit qu'elle ne veut rien savoir. Son silence me pèse. » Pour sa défense, Victorine n'avait rien manigancé.

« Tout m'est tombé dessus à l'improviste, sans crier gare. Je n'ai rien demandé. Ce charmeur est un intrigant. Il soigne mieux son image qu'il ne prend soin de sa femme. » Nestor Sodonis quittait Christine trois mois plus tard, pour emménager chez Victorine, en banlieue.

Il fut dans la foulée licencié de la préfecture de police et de la fonction publique pour des raisons qu'il disait méconnaître. Quelque temps après, ils rentrèrent en Guadeloupe tous les deux vivre leur nouvelle histoire d'amour. « Tu n'as plus besoin de travailler, mon cœur », déclara-t-il à Victorine juste après leur arrivée.

JULIA

Une année après leur départ de Paris, le divorce fut officialisé. Nestor épousait Victorine exactement un mois plus tard. La cérémonie de son second mariage eut lieu dans une grande confusion. Le clan Sodonis ne s'en félicitait point. Il n'y avait aucune urgence. Aucun parent ne donna sa bénédiction. Que faisait encore l'enfant terrible ? La famille n'y assista pas. Nestor venait tout juste de divorcer. Elle n'y comprenait rien. Quelle mouche l'avait piqué ?

Des zouaves malintentionnés se rendirent dans une mairie comble dans l'espoir d'assister à une débâcle. Des maîtresses délaissées accompagnées de leur progéniture firent le déplacement pour narguer Nestor ou sonder son toupet. La marmaille attristée attendait en silence depuis bien trop longtemps déjà sa reconnaissance de paternité. Sous leurs nez, le scélérat se jouait une fois encore d'eux. Victorine s'évertua à ignorer les clones de l'homme qu'elle allait épouser contre vents et marées.

Afin de rendre l'existence de sa nouvelle épouse dans une maison trop grande plus agréable, Nestor engagea une femme de ménage. Julia s'était distinguée dans nombre de maisons bourgeoises de la Basse-Terre. Ses patronnes successives s'étaient perdues en louanges à son sujet, comblées par une hygiène irréprochable, ses petits plats, la qualité de son repassage, et l'attention qu'elle portait aux détails dans les travaux ménagers. Forte de leurs recommandations, Victorine accepta d'embaucher Julia, arrivée cinq ans plus tôt de l'île voisine, la Dominique. Futée, elle savait se fondre dans le décor et rester à sa place. Loin d'exulter, l'écart considérable entre le salaire qu'elle avait perçu et celui de ses comparses guadeloupéennes ne lui avait pas échappé.

Se sachant en milieu hostile, quoique trop honorée par les attentions de ses voisines maniérées pour poser des questions incisives, Victorine apprit trop tard que Julia, ayant récemment régularisé sa situation n'aspirait à présent qu'aux mêmes avantages que les autres domestiques : une assurance chômage, des congés maladie, des congés payés, et une retraite. Raisons pour lesquelles les maisons bourgeoises se passaient de ses services. Julia n'acceptait plus de travailler au noir. Et pourquoi pas ? Elle savait ce qu'elle valait. La qualité de son travail en disait long sur son professionnalisme.

Supporter une cotisation patronale de l'ordre de 42 % du salaire versé à une femme de ménage n'était pas donné à tout le monde. Rien ne coûtait trop cher pour un peu plus de respectabilité. Les services d'une aide-ménagère représentaient un marqueur social appréciable dans la petite clique des nantis de la région. Victorine limita à vingt heures par semaine la présence de Julia dans son foyer.

Rien n'échappait à la jeune femme ; ni l'œil baladeur de Monsieur Sodonis, ni son goût prononcé pour ses formes, ni l'absence de progéniture dans le foyer austère, pas plus que la passion qui s'essoufflait dans son couple. Après le départ de la maîtresse incommodée par le bruit, Julia faisait le lit avant de passer l'aspirateur. Comme à son habitude, un matin, elle tourna doucement la poignée de la porte pour s'introduire dans la chambre à coucher des patrons.

À son grand dam, dans la pénombre, Monsieur Sodonis pour capter son attention se tortillait nu comme un ver de terre dans le lit. Paniquée, Julia claqua la porte derrière elle en prenant la fuite. Un instant suffit au patron déchaîné pour la rattraper, se vautrer sur elle, et laisser courir ses doigts sur le corps de la domestique terrifiée.

— Oh, lawd. What are you doin'? Leave me 'lone. Please, please, sir.

Dans son émoi, elle oubliait qu'il ne parlait pas sa langue.

Sodonis pelotait sa proie sauvagement, cherchant à exciter son désir. Sa frayeur attisait sa pulsion. Il ne voulait rien savoir de ses réticences. De plus, il ne comprenait rien à ce qu'elle hurlait à tue-tête. Personne ne les entendrait. Il avait tout prévu.

On devait savoir quel genre de patron Monsieur Nestor Sodonis était. Pour garder son emploi, Julia avait capitulé. Comment aurait-elle pu faire autrement ? Ils se voyaient régulièrement maintenant. Plusieurs mois après leur première coucherie, son ventre s'arrondissait. Elle n'était pas juste bonne pour des parties de jambes en l'air ! C'est alors que Julia décida de vendre la mèche. Elle jouerait le tout pour le tout. Elle méritait bien mieux que cette indifférence calculée. Bientôt, il ne voudrait plus la toucher. Pas question de rester sur la paille.

Victorine ne voulait rien entendre. « Croit-elle pouvoir me déclasser ? Que cherche-t-elle au juste, cette petite ? Se targue-t-elle de s'être fait engrosser par

mon époux ? Que lui a-t-il promis ? »
Devant son indifférence, Julia décida de se
débarrasser de sa patronne. Elle jouerait
davantage de ses charmes pour lui voler
son mari. « Je n'ai pas sacrifié mon
derrière pour finir sur le trottoir dans la
même pauvreté. »

Xavier naissait six mois plus tard de
l'union de Nestor et de Julia. « Débrouille-
toi, mâle verrat ! » Excédée, incapable de
produire un bébé, Victorine obligea Nestor
à lui remettre celui de Julia pour se faire
pardonner. Que n'aurait-il pas fait pour
apaiser sa colère ? « Une imposture, un
coup monté, un complot ! Victorine a tout
manigancé depuis le début ! On connait la
bourrique, » clamait-on dans la famille.

Xavier n'a jamais connu sa mère
biologique. Arraché à la naissance, il n'a
reçu d'elle que des lettres écrites dans un
mauvais français sur lesquelles des larmes
ont délavé les mots. Prendre contact avec
elle revenait à s'offrir davantage à la peine.
Il n'en avait plus envie. On lui avait
raconté trop d'histoires saugrenues sur
son compte.

Apporté en offrande à sa marâtre, en plus
de l'avoir introduit dans le monde par la
toute petite porte, Xavier reprochait à son
père l'entourloupe dont sa mère fit les
frais. Dans la famille, on racontait qu'elle

avait accepté une grosse somme d'argent pour renoncer à lui. Son père l'aimait bien plus qu'il ne le croyait.

ROMUALD

Les rues du quartier baignent encore dans la pénombre. Ce matin-là, comme maintes fois auparavant, une petite fille se glisse sous les couvertures du lit douillet de sa mère à la recherche de la chaleur de son corps. Réveillée aux premières lueurs du matin par ses jappements poussifs, cette dernière est partie faire une promenade avec le chihuahua.

Les yeux fermés remplis de chassie, l'enfant grimpe dans le grand lit et atterrit sur le ventre chaud, tendu, de l'homme nu qui s'y trouve, allongé. La veille, il avait dîné avec sa mère et elle. Personne n'était censé savoir qu'il y avait passé la nuit. Elle se renverse sur le côté puis sans conscience laisse courir ses doigts sur la peau lisse, tendue et moite.

Une main agrippe sa virilité. Des spasmes voluptueux l'arrachent à son profond sommeil. Une déferlante. Incrédule, Romuald écarquille les yeux, se dégage, hisse son corps hors du lit sans chercher à comprendre ; il jette un regard paniqué sur la figure recroquevillée à l'endroit qu'il vient de quitter. « La petite fait semblant de dormir. » se dit-il. « C'est

ma mort qu'elle cherche, celle-là ? »
Refusant d'accepter que les attouchements eussent été accidentels, il ramasse son pantalon et sa chemise sur le sol froid, les enfile, attrape ses souliers et se faufile hors de la maison sur la pointe des pieds sans demander son reste.

« Une relation d'à peine trois semaines avec une femme de vingt ans mon aînée, qui en plus, me comble, et voilà ce qui arrive ! J'ai vraiment la poisse. Comment lui expliquer ? À quoi bon même ? Me croirait-elle si j'essayais ? » Romuald se torture l'esprit.

Disparaître sur la pointe des pieds, sans laisser de trace vaut mieux qu'une explication sans queue ni tête qui mènerait à une altercation. Des mots malheureux seraient échangés. Elle l'accuserait de mentir, de se perdre en élucubrations pour cacher un crime pédophile. L'inculpation serait sans appel ; aussi saugrenue que son explication. Elle ne comprendrait rien à rien de toute façon.

Lui parler ne servirait à rien. Quelle mère accepterait que sa fille de douze ans ait tenté de dévoyer un bonhomme de vingt ans son aîné ? Quoi qu'il dise, il serait fautif sur toute la ligne ! Pas question de se mesurer à son incompréhension et à inviter des prises de têtes à n'en plus finir. Lui, au lit avec une gamine ? Jamais de la vie ! Il valait mieux que mère poule croit qu'il se débinait comme un morveux. « Et puis merde, elle pensera ce qu'elle veut. »

Deux poires en six mois. Il doit une fois de plus renoncer à une relation prometteuse. Quelle poisse ! Il y a des limites quand même. Fils unique d'une famille parisienne, depuis l'enfance, Romuald a la solitude en horreur. Il raffole des femmes mûres, souvent aigries qui, pour des hommes peu sûrs d'eux, passent pour des emmerdeuses. Avec elles, aucune exigence de paternité.

Un front polaire amène un froid continental sec qui menace de s'attarder. Les rues de Montréal luisent sous l'effet conjugué des réverbères et de la bruine venue rafraîchir la chaussée avant l'arrivée des pelotons de lève-tôt. S'il se dépêche, Romuald arrivera chez lui avant la femme de ménage pour récupérer dans la poubelle le numéro de téléphone qu'une intrigante lui a glissé dans la main en début de semaine dans un bar du quartier. La déprime se feinte à grands coups d'audace.

Un matin, ses parents l'avaient fait asseoir dans un fauteuil confortable pour lui dévoiler la vérité sur ses origines. Romuald suait profusément et s'essuyait le front sans arrêt. Crispé, rempli d'appréhension, l'idée qu'il se faisait de son identité allait, il le sentait, voler en éclats. Une boule dans la gorge, il ravalait sa salive, affalé dans le siège, puis laissa échapper un gémissement. C'est à ce moment-là que la descente aux enfers commença. Ceux qu'il appelait papa et maman n'étaient pas ses parents biologiques. L'identité qu'il s'était construite dans sa tête s'effondra en un instant. Pris dans l'étau d'une injustice, en proie à un profond malaise, révolté, il ne lui restait que la fuite pour se protéger.

Debout devant lui, l'inconnu fort sympathique qu'il redoutait maintenant d'appeler papa, lui remit une épaisse enveloppe scellée. Son épouse, disait-il, l'avait miraculeusement sauvé du froid. Il était si petit qu'on aurait pu le nicher dans une boîte à chaussure. Elle l'avait trouvé la veille de Noël emmitouflé dans un panier en osier sur le seuil de l'hôpital Saint-Antoine. La femme douce et attentionnée, assise à sa gauche la tête baissée, trop émue pour prononcer un mot, pleurait maintenant. La mine déconfite, comme s'il n'en croyait pas un mot, Romuald lança un regard de détresse à sa mère. Elle ne disait rien. Emmurée dans le silence, elle refusait de réfuter ce que l'homme venait de dire.

« Non ! C'est une blague ? Et puis quoi encore ? Moi ! Abandonné ? Orphelin ? » Écroulé, il ne lui restait plus que le déni pour parade. Il n'était donc pas le petit métis qu'il avait pensé être, fils d'un Picard et d'une Martiniquaise ?

Son père, soulagé de lui avoir raconté tout cela, croyait lui avoir fait une faveur. Il prenait maintenant cet air satisfait qu'on assigne aux demeurés. Les yeux embués, ne sachant où donner de la tête, Romuald ouvrit la grosse enveloppe pour se donner une contenance, feinter la détresse, et en consulter le contenu ; un tas de lettres jaunies qui, toutes, portaient son nom. Autant d'éléments de preuves. Incapable de regarder ses parents dans les yeux, il en tira une pour la lire. Rien à faire, tout était trouble. D'autres chocs l'attendaient. Se sentant agressé par des révélations dissonantes, il renonça à toute lecture, referma la grande enveloppe et la balança au sol.

Une autre France, lointaine, de l'autre côté de l'Atlantique, moins cruelle celle-là, une échappatoire, lui lançait des clins d'œil. Rien ne le retenait plus dans cette Europe perfide. Sa décision était prise. Pour évacuer la peine, se dérober aux regards des indiscrets, le cœur gros, il serait candidat à l'émigration.

Avant de quitter Paris, Romuald nota dans son journal :

« Quand j'ai reçu la nouvelle, sur le coup, le choc a été brutal, insupportable même. Je me suis senti stigmatisé une fois de plus. Dans la même lancée, apprendre que je n'étais pas qui je pensais être ; que j'étais en fait ce que je déteste le plus, le fruit du désamour, était intolérable. Certains individus ne devraient pas avoir le droit de vivre, et encore moins de procréer. À cause de leurs actions et des conséquences de celles-ci, ils ne le méritent pas. Ils ne réfléchissent ni à ce qu'ils disent ni à ce qu'ils font. Personne n'a le droit de pondre des enfants qu'ils n'assument pas, pour les abandonner ensuite. »

Ce n'était pas la première fois que Romuald s'était senti rejeté. Il l'avait bien rendu.

« Des grands de l'outre-mer vêtus de couleurs criardes, un français aux accents chantants plein la bouche, avaient débarqué au Lycée chaque année. Je ne m'occupais jamais d'eux. Je leur donnais l'espace dont ils avaient besoin et le temps de se faire à leur nouvelle vie. Je n'avais plus vraiment envie de faire leur connaissance pour me faire rembarrer. Bien qu'ils parussent sympas, je désirais quand même maintenir une certaine distance entre eux et moi. Échaudé, j'en avais marre de me prendre des branlées. Des bavards impénitents m'avaient fait regretter mon intérêt pour eux. Ils me sermonnaient sur mon identité et se comportaient comme des brutes déterminées à me passer la corde au cou. Je ne méritais pas qu'ils me gueulent dessus comme ils le faisaient, pour des questions d'identité en plus. Qu'avais-je à voir dans tout ça, moi ?

Avant de les rencontrer, j'évoluais comme un poisson dans l'eau dans ma douce France natale. Eux, ils me reprochaient de ne pas parler le créole. Était-ce de ma faute même ? Je n'y pensais même pas. Je suis né à Paris et n'avais rien connu d'autre. À croire qu'être Antillais se résumait pour eux à danser le zouk et à parler le créole à longueur de journée, et une fois de temps en temps quand on n'avait pas le choix, à parler le français, leur langue véhiculaire, avec un accent exotique.

Ces conneries avaient le don de me mettre en boule. J'étais un faux-cul, ils disaient. Déchiré entre deux mondes. Un "tanbou a dé bonda" (un opportuniste) selon certains, et un assimilé, selon d'autres. J'hallucine ! Il faut savoir !

Ado, plutôt que d'afficher ma peine, je me frottais les yeux avec un pan de ma chemise prétextant des allergies. Mon accent parisien m'empêchait d'être accepté par ceux-là mêmes qui me ressemblaient le plus. Sans leurs repères culturels, je n'avais aucune chance. Ils me détestaient. Je roulais les R, parlais français trop bien pour eux. Comme un Blanc, ils disaient. Maman, elle, préférait dire, comme un livre. Et c'est comme ça que j'ai commencé à les mépriser moi aussi. Qu'avais-je donc fait pour mériter leur haine ? Et maintenant, on me dit que je suis un orphelin ! On m'ôte ma place partout ? Dans ces conditions-là, pas question que je fasse des virées aux Antilles. Maman ira toute seule. Plutôt partir là où mon accent me vaudrait un peu de respect, même mêlé à une touche de méfiance, mais jamais plus cette jalousie complexée qui refuse de dire son nom. »

Romuald quitta Paris pour le Canada à vingt-huit ans avec, en poche, le Master en finance de l'école des hautes études commerciales (HEC Paris) qu'une amie de la famille avait financée.

Les candidats à l'exil s'installent dans les centres urbains attirés par les nombreux emplois à pourvoir et la présence de semblables. Des communautés françaises, arabes, asiatiques, africaines, et haïtiennes viennent apporter un peu de chaleur à un Montréal en mutation. Grâce à ses relations, Romuald décrocha un poste de courtier dans une banque d'investissement à Montréal. Si les choses ne marchent pas, il se mettra à son compte pour faire du « Day trading ». Ça fait maintenant quatre ans que les autorités territoriales lui ont octroyé un visa d'immigrant. Un salaire généreux l'autorise à faire des écarts inconcevables à Paris. En France, il avait occupé des emplois précaires, et s'était rongé les sangs par dépit de ne pouvoir mieux faire. Le manque de sous avait rendu la vie infernale.

Un yucca géant trône au milieu de l'appartement trop grand pour lui qu'il occupe seul au cœur du quartier des affaires dans un bâtiment chic près de l'Université McGill. Rarement chez lui, le mobilier de qualité reste sommaire pour ses trois chambres et ses deux salles de bains. Question de ne pas s'ennuyer, même s'il n'en a pas besoin, il prendra un colocataire ; quelqu'un comme lui, sans attache au Canada !

Romuald affectionne les espaces verts, les rues larges et propres de cette ville où il fait bon vivre. Absolument tout ! Il est friand du Réso, ce réseau piétonnier souterrain de 32 kilomètres de passages reliés, par lequel il accède à son bureau, aux gares, à 1700 boutiques, à 200 restaurants et à multiples centres commerciaux. Une ville active sous terre foisonnant de monde où l'ouverture d'esprit des habitants est censée encourager la bienveillance entre les cultures qui s'y frottent.

Un connaisseur lui a fait goûter un breuvage exotique, un rhum vieux agricole de la Martinique, épicé, doux et délicat, un vrai millésime, prisé dans son petit cercle d'amis branchés. Depuis, il s'en fait livrer plusieurs bouteilles par mois pour une petite débauche en fin de journée. Fini les privations, les prises de tête et la grogne. Il faut vivre, et ne plus vivoter. Refuser de se contenter de peu, manquer de confort et de sécurité. Le manque ronge la qualité d'une vie.

Les Québécois se plaignent et charrient les Français qui parlent trop et râlent tout le temps. Ils sont trop nombreux, venus voler leurs gonzesses, et prennent un air supérieur comme s'ils avaient la science infuse.

Ces reproches sont bien moins méchants que de se faire traiter de Bounty, de négropolitain, ou de nègzagonal à tout bout de champ. Ça fait mal les insultes ! On n'y peut rien ? On est ce qu'on est ! Là-bas, en France, Romuald s'était fait tancer sur les deux revers de son identité. Ici, il ne se fait chambrer que sur un seul. Pas simple de s'intégrer au Québec, mais au moins, par le travail, il pourrait bien avoir toutes ses chances.

À Montréal, personne ne connaît son histoire. Il s'en inventera une autre, plus belle que la première, et se présentera à ceux qui veulent le fréquenter comme le fils de médecins parisiens disparus dans un incendie. « À 25 ans, j'ai tout perdu. Voilà pourquoi il ne me reste aucune photo. Le reste ne regarde personne. Qui osera se montrer indiscret ? Égratigner ma plaie ? »

Romuald se fera passer pour le bourgeois qu'il a toujours rêvé de devenir et, s'il le faut se donnera de faux airs. Un mulâtre éduqué, beau comme lui, ça ne court pas les rues, et ça plaît à beaucoup de femmes.

Imbu d'une supériorité vidée de toute substance qu'il s'octroie par dépit, il galvaude la négraille par des toisements sans complaisance dans les rues de Montréal. Il renie cette mère-trouble-fête qu'il n'a pas connue et ne veut pas connaître, une négresse ordinaire, sans grade et sans mérite, pour embrasser la féconde hystérie d'une haine de soi qui grandit en lui comme une tumeur maligne. Deux nègres libidineux ont bradé son humanité. Ils l'ont mis bas puis rejeté, jugé indigne de leur amour. Ces monstres mériteraient de souffrir le martyre, de la main même de leur progéniture, le châtiment ultime.

Cela fait quinze minutes que Romuald attend sa nouvelle coqueluche. Elle est en retard. Au téléphone, elle avait insisté pour qu'ils se rencontrent au « Rendez-Vous des champions », le lieu de leur première rencontre, somptueusement décoré avec ses sculptures aériennes flottantes au-dessus des clients, et ses balustrades de merisier aux courbes élégantes.

Le bar-restaurant cher aux cadres des bureaux alentours organise un « happy hour » chaque après-midi où, dans un froufrou incessant les langues se délient et de nouvelles amitiés se forment. Romuald jette à sa montre un regard agacé. Il a dû s'abaisser à fouiller la poubelle pour y retrouver le numéro d'une femme qu'il ne connaît même pas. Brune et typée, peu importe qu'elle soit belle, pour le moment, elle est en retard.

Romuald tambourine sur le haut du comptoir avant d'engloutir le deuxième verre d'un alcool fort. Derrière le bar, une serveuse le foudroie du regard. « De quoi se mêle-t-elle ? » L'air narquois, il lui lance son plus beau sourire. Faussement satisfait, il a plutôt envie de lui tirer la langue. Impardonnable. Maintenant, elle a trente minutes de retard. « Ça commence à bien faire ! » Romuald n'en revient pas, on lui pose un lapin. Il lève la tête vers le plafond puis coule des yeux tristes dans son verre avant d'ingurgiter une toute dernière gorgée.

Incrédule, il marmonne. « Pour qui se prend-elle, celle-là ? Je l'aurais tuée pour moins que ça dans le temps. » Il baisse la voix, se ravise et puis pouffe de rire. Il s'étonne à présent de sa propre arrogance, préférant s'en moquer. Il aurait bien aimé qu'elle s'active pour l'aider à émerger de la petite dépression qui menace de le terrasser. Ses doutes existentiels sont en train de refaire surface.

« Ne vaudrait-il pas mieux faire le point sur ma situation plutôt que de m'encombrer d'une autre aventure sans lendemain ? » Depuis l'incident avec la petite dans le lit, il n'a plus trop le moral. La vie nocturne de Montréal ne l'intéresse plus. Il n'en attend rien. Et pourtant, les activités n'y manquent pas. Le cœur n'y est pas. Trop de contrariétés. L'excitation manquent au rendez-vous. De longues heures d'un travail assidu au bureau, des cuites carabinées, culottes de soie et bottes de cuir le soir, jusqu'à présent, voilà à quoi s'est résumé son quotidien à Montréal. Il en a marre. Les sensations fortes émoussent le cerveau. Besoin de faire le vide et de prendre le large. Il reste ces questions sans réponses qui le lancinent !

Même à deux, ni son père ni sa mère, avec leurs salaires de misère, n'auraient pu un jour, aussi facilement que lui, économiser le pactole qu'il est parvenu à mettre de côté. « Il est peut-être temps de casser ma tirelire, de reconsidérer mes options ; de revoir à la hausse ce que j'attends de la vie. » songe-t-il. « Temps aussi d'arrêter de faire semblant et d'attendre les week-ends pour commencer à vivre. Peut-être temps aussi d'arrêter de courir la gueuse ? Fonder un foyer avec une femme bien ? Faire un gosse ? Et qui sait ? Trouver un peu de bonheur sur cette fichue Terre, avant qu'il ne soit trop tard, plutôt que d'insister à tirer le diable par la queue. »

Une foule de jeunes professionnels s'agglutine autour d'hommes grisonnants aux cols déboutonnés pour l'occasion. Suivies d'applaudissements et de stridents coups de sifflet qui font monter la tension, des conversations à bâtons rompus et des joutes oratoires s'ensuivent dans une ambiance survoltée. Le coude levé, ils hurlent des mots inintelligibles. Le brouhaha est grisant. Romuald en a assez. Il ne connaît personne et ne s'amuse pas du tout.

Pas question de mariner dans l'espoir fugace de retrouver une aguicheuse. Il entame une traversée périlleuse dans la marée humaine jusqu'à une porte de sortie à l'arrière de l'établissement. Il aurait pu rester, laisser l'ambiance électrique le séduire pour une fois, sourire et accepter de se détendre un peu ! Fatigué des pis-aller, du bonheur factice et tapageur des autres, Romuald a hâte de se terrer dans le silence de son huis clos et de régler son compte à la déveine en roupillant. Tout est possible dans le sommeil.

Une brune enjouée pénètre dans le vestibule. Juste à temps pour apercevoir Romuald de dos en train de se glisser hors d'une foule qu'il dépasse d'une tête. Elle crie son nom sans résonance, et puis se lance à sa poursuite jouant des mains et des coudes pour se frayer un passage dans la mêlée. En quelques minutes, elle aussi franchit la porte arrière du bar-restaurant.

De corvée de poubelle une demi-heure plus tard, dans l'allée à l'arrière du « Rendez-Vous des champions », la serveuse grincheuse tombe sur le corps inerte exposée au froid d'une brune aux allures de pin-up. Il gît, recouvert par la pénombre, entre deux bennes à ordures sur l'asphalte glacé dans une flaque d'eau visqueuse remplie d'immondices. La robe noire a été arrachée, les jarretières retroussées et la culotte en dentelle déchirée. Ébranlée, la serveuse s'époumone pour attirer l'attention puis c'est plus fort qu'elle, à force de rage, elle éclate en sanglots. « Je le savais. Je le savais ! »

Incapable d'envisager une suite heureuse à ses déconvenues, les yeux rivés sur l'épaisse moquette, Romuald franchit le seuil de son immeuble. D'un pas cadencé au rythme du blues que lui impose son vague à l'âme, il se dodeline vers son appartement. Rien dans la vie n'a plus de sens, ni ses rencontres d'un soir, ni la dérive qu'il s'impose sans raison évidente. Et hop, un petit verre de rhum vieux, et après ça, au lit. Demain sera un autre jour. Il est mentalement épuisé. Pour le moment, il doit oublier la sale journée qu'il vient de passer.

Il enlève son smartphone de la poche de son veston, en consulte la messagerie, efface un à un les échanges de la journée puis le pose sur la table de chevet. Pas besoin de le charger. Les saletés sur sa belle chemise blanche doivent être nettoyées tout de suite. Un examen cursif révèle aussi un pantalon taché par des éclaboussures. Elles proviennent probablement de l'homme qui est passé devant lui en courant. Il ne reste plus qu'à faire une lessive. Romuald lance une machine.

Il est tourmenté. Des pensées malsaines se bousculent dans sa tête. « Il me faudra un peu de mélatonine ce soir. 10 mg feront l'affaire. » Nul besoin d'un verre d'eau. Le cachet est soluble dans la bouche, et puis il reste un fond de rhum dans le verre. « Pourquoi m'a-t-elle fait ça ? » Il pense encore à la brune. Quand rien ne va, il lui arrive parfois de se parler tout seul.

Rien ne s'est passé comme Romuald le voulait aujourd'hui. Nostalgique, son regard blafard balaie la pièce avant de se poser sur le tiroir où il a rangé l'enveloppe que son père lui avait remise. « Au point où j'en suis, pourquoi ne pas en finir avec cette histoire, et digérer la choquante nouvelle de ma vraie identité ? Remonter le fil de mes sales origines et faire la paix avec ma famille d'adoption ? Il est temps de mûrir. Que puis-je reprocher à des gens qui ont ouvert leurs cœurs, tout grand ? » Il craint ce qu'il trouvera au bout de son chemin. Des monstres ou des victimes ?

Une vingtaine de voitures de police quadrillent les rues menant au « Rendez-vous des Champions », répondant au deuxième homicide de l'année sur l'île de Montréal. Dans un foisonnement d'activités policières, des enquêteurs érigent un périmètre de sécurité pour sauvegarder la scène du crime. Une ambulance se fraye un passage à grands coups de sirènes à travers un attroupement de curieux sur la chaussée.

La morgue se prépare à recevoir le corps d'une jeune femme. Le Coroner met le médecin légiste au fait de la situation. Sur le lieu du crime, il a procédé à un examen préliminaire assez sommaire. C'est au tour du médecin légiste de finir le travail, de faire un examen clinique, de faire parler le corps, de prélever les traces d'ADN, et de trouver les circonstances qui ont conduit aux lésions et à la mort. Un examen interne succédera, et puis l'imagerie. Il faudra identifier les fractures, s'il y en a. L'autopsie devrait prendre tout au plus, deux heures. Une dépouille perd en moyenne un degré par heure, le moment du décès devrait être facile à établir.

Personne n'a le droit de quitter les lieux. La police procède à des interrogations préalables, ainsi qu'à un contrôle d'identité. Elle confisque les enregistrements des caméras de surveillance, rencontre un à un le personnel et le patron du bar. Toutes les rues avoisinantes sont bouclées. Il faut établir les circonstances du crime au plus vite.

— Vos documents, s'il vous plaît, mademoiselle ? Permis de conduire, ou passeport si vous en avez un ?

— Voilà. J'étais derrière le bar ce soir. C'est aussi moi qui ai trouvé le corps.

— Avez-vous remarqué quelque chose de bizarre ?

— Oui. Un homme noir à la peau claire, assis au comptoir. Plutôt grand, costaud, sportif. Un beau gosse, quoi. Quelque chose n'allait pas. Il était agité. En trente minutes, il a consommé deux vodkas et n'arrêtait pas de regarder sa montre. Toutes les cinq minutes, quoi. On aurait dit qu'il attendait quelqu'un.

— Il était habillé comment ?

— Chemise blanche en lin, manches longues. Blouson en cuir noir. Pantalon en velours bleu. Des Clark aux pieds. Vous savez, ces chaussures en cuir sans lacets ? Elles étaient noires en haut avec des semelles blanches.

— La salle était bondée, non ? Qu'est-ce qui a attiré votre attention ? Pourquoi lui et pas un autre ?

— Oh, je remarquais tout le monde, comme d'habitude. Il était seul, et ne m'inspirait pas du tout confiance, lui. Les autres clients étaient joviaux, et surtout accompagnés. En petits groupes, si vous voulez. Lui, il ne s'amusait pas. Au contraire. Il tirait une sale gueule. Pas commode, le bonhomme. Il n'a pas non plus laissé de pourboire.

— C'est la première fois que vous le voyiez ?

— Non. La deuxième. Il était là aussi lundi dernier. C'était plus calme.

— Vous avez remarqué quelque chose de bizarre, ce soir-là ?

— Oui. La femme retrouvée morte aujourd'hui était là lundi dernier, elle aussi. À un moment, elle lui a chuchoté un truc à l'oreille, et puis glissé un morceau de papier dans la main.

— Ils se connaissaient ?

— Je crois plutôt qu'il lui a tapé dans l'œil. Elle cherchait un contact.

— Il était comment ce soir-là ?

— Décontracté. Souriant. Très abordable. On aurait dit un type sympa.

— Pourquoi êtes-vous sortie par la porte arrière, ce soir ?

— J'étais de corvée de poubelle. C'est pour ça que c'est moi qui ai trouvé le corps. Une demi-heure plus tôt, juste après lui, cette pauvre femme était la dernière personne à emprunter cette porte. Je l'ai vue se lancer à la poursuite de ce type louche au regard meurtrier. S'il vous plaît, faites-le payer. Débarrassez-nous de cette ordure.

La police souhaitait trouver des réponses et boucler l'affaire rapidement. Le climat politique l'exigeait. S'agissait-il d'un crime misogyne associée à des sévices sexuels ? Avait-on encore à faire à ces foutus masculinistes ? Encore le même topo. Intolérable ! Suite à la résurgence de groupuscules radicaux qui se qualifiaient eux-mêmes d'« Incel » pour « involontairement célibataire », des hommes rendus amers par ce qu'ils considéraient comme la fin des privilèges masculins s'étaient livrés à des actes semblables dans d'autres quartiers de la ville.

En 2018, 148 femmes ont trouvé la mort, soit une victime tous les deux jours et demi. Incapables d'assouvir leurs pulsions sexuelles, ces hommes frustrés souffrent de troubles obsessionnels compulsifs et méprisent les femmes. Négliger un tel angle s'avérerait risqué. Au sein de la police, certains étaient d'avis qu'il fallait privilégier cette piste-là.

CHRISTINE

Assise sur un tabouret, elle regarde les enfants du quartier s'animer. Ils courent maintenant, occupés à un jeu qu'elle ne comprend pas. Personne ne touche personne. Les gamins vont et viennent, se suivent de très près, courent les uns avec les autres, les yeux rivés au sol dans la même direction après un ballon qu'elle ne voit pas. Bizarre.

Dans leur coin, les grandes personnes sont en train de danser. Elles parodient les pas d'un vieux monsieur qui chaloupe, donne l'exemple affublé d'un costume burlesque pour divertir la compagnie. Christine rit de les voir tous si gais.

Elle fouille dans sa mémoire, défaillante parfois, pour retrouver une scène de gaieté similaire, et revient à Lazarus, son meilleur ami, qui la faisait danser quand son mari n'attendait plus rien d'elle. Lazarus était un danseur zélé. Sous ses mains expertes, elle faisait des pirouettes. Dans le mouvement, elle trouvait la jouissance, plus proche du bonheur qu'elle avait espéré, elle s'affranchissait du poids de toutes pensées, et aussi du jugement des autres. Pour combien de temps encore ? Malade, Christine était venue chercher l'absolution chez elle.

Les éclats de rire lui ramenaient en mémoire le souvenir d'une petite enfance agréable. Son visage illuminé invitait les sourires qui fusaient de partout. Dans le silence de leur admiration, les adultes la dévisageaient. Aujourd'hui, élégante, Christine avait bien changé, pensaient-ils. À coup sûr, c'était elle, longiligne comme on s'en souvenait, le teint foncé. Le temps l'avait marqué. Ce visage ovale aux traits fins, et au sourire éclatant, cela ne pouvait être qu'elle. La toute première fois, ils s'étaient rencontrés sur les bancs de l'école dans ce même quartier de Dakar. Elle les avait si peu connus, croyait-elle, ayant trop longtemps vécu au loin, dans des contrées froides au nord, mais les revoyait maintenant avec une joie indicible qui se lisait dans son regard.

Très jeune, à la suite d'un scandale, ses plaies étant trop profondes, elle avait dû quitter le pays. Ses premiers camarades de jeux avaient été là au début et seraient là aussi à la fin pour une dernière leçon. C'est ce qu'elle désirait.

Entre-temps, il y avait eu la vie, celle qu'elle s'était créée, et celle qui lui était tombée dessus, qu'elle avait enduré et qui continuait. Les choses avaient changé, mais restaient familières. Comme à l'accoutumée, l'appel du muezzin retentissait encore invitant les fidèles à la prière du soir. Les enfants animaient le quartier de leurs éclats de rire avec une frénésie pérenne. La nudité insouciante de ceux qui perdaient la raison dérangeait encore la populace. Étalant un appareillage inconséquent, les fous exagéraient leurs troubles pour amuser la galerie.

Pour la première fois depuis son arrivée, assise sur un tabouret au mitan du trottoir, elle ne peut plus monter, descendre et courir partout comme elle aurait voulu sans reposer ses pieds enflés. Aujourd'hui, frêle, Christine Sylvain égrène un chapelet au lieu de s'occuper des affaires de tout le monde. Elle balbutie des prières pour le salut de l'âme de ses proches et la miséricorde de Dieu puis pressent une lassitude subite toute nouvelle ne comprenant pas pourquoi. Elle n'a fait aucun effort, mange et dort pourtant bien. Elle n'a mal nulle part, mais une chose la perturbe.

« On ne parle pas de canicule ici, mais qu'il fait chaud quand même dans ce pays ! » Elle se plaît à se plaindre. Cela fait si longtemps, presque quarante ans déjà qu'elle souhaite répéter cette phrase. C'est un luxe de se plaindre de la chaleur sèche qui la met en nage. Cela représente pour elle un juste retour des choses, la reconnaissance qu'elle a réussi son pari de retrouver l'univers qui l'avait accouchée. Le retour du balancier. Une sorte de guérison.

« Est-elle malade ? Elle a failli tomber. » Le monde s'est arrêté. Elle a fait un malaise. Assise sur un tabouret à deux pas de la maison de ses parents, devant la porte du voisin pour mieux voir venir les choses, elle attend le retour de Constantine, sa petite sœur partie lui chercher un verre d'eau bien frappée.

Christine boit goulûment. Redresse l'échine, une fois désaltérée, et inspire bruyamment, remet le verre embué et froid à Constantine, se campe sur ses jambes frêles, fin prête pour un nouveau départ. Un pied devant l'autre, elle avance tout doucement le sourire plein la bouche pour faire oublier son malaise. « Elle reprend du poil de la bête. »

Ngone l'aperçoit. Aussitôt la petite cousine du village, aide-ménagère improvisée, se précipite vers l'entrée. Le pas surélevé de la porte risque de faire trébucher sa « tata ». De toutes les grandes personnes, c'est elle qu'elle affectionne le plus, Madame Christine Sylvain, l'enfant prodigue aux traits fins, couturière de renom, de retour au pays natal après un long séjour chez les toubabs. Si rester est un sacrifice, la plus belle preuve, revenir reste un acte d'amour pour la terre des ancêtres. « Une dame si belle que ça qui fait chanter les oiseaux, pourquoi est-elle si triste tout le temps ? Que cache donc cette nostalgie qu'elle prend pour interroger l'avenir ? »

Les tâches domestiques accomplies, Ngone aménage du temps loin des oreilles indiscrètes pour obtenir de tata Christine des réponses aux questions qu'elle se pose sur le pays des Blancs. Installée au salon, perdue dans ses pensées, Christine épluche les journaux. Elle les avait tous déjà lus dans la matinée. « Peut-être se refuse-t-elle à regarder la télévision pour cacher le fait qu'elle ne comprend plus le wolof ? »

Perplexe, Ngone l'observe. « C'est à peine si l'on entend la voix emplie de prévenance avec laquelle chaque jour elle donne ses instructions. Quelle dame digne alors ! » De sa bienveillance, on dirait qu'elle enrobe le monde.

« Pourquoi revenir après une si longue absence ? On dit que sentant la fin proche, elle est revenue mettre de l'ordre dans ses affaires. De quelles affaires parle-t-on ? Elle n'a plus rien ici ! Elle a tout laissé derrière elle. Sa vie s'est faite ailleurs. S'agit-il d'une histoire d'héritage ? Aurait-elle besoin de mon aide pour accomplir des démarches ? Mais, ce problème de terrain à vendre en Casamance, ces maisons à récupérer, et ce mariage à préparer pour un cousin éloigné, maman

Constantine s'en occupe déjà. » La veille, Ngone avait épié les vieilles pendant qu'elles discutaient au salon.

Au petit matin, en provenance du minaret qui surplombe le quartier, l'appel à la prière du muezzin envahit les demeures sans distinction de culte. Agacée, Christine se redresse légèrement sur ses coudes. Elle attrape ses lunettes posées sur le chevet, les perche sur son nez, peu disposée à quitter un lit confortable. Elle se relève encore un peu suffisamment pour caler le bas de son dos contre l'oreiller à la tête du lit, pour mieux s'asseoir, et poursuivre la lecture du roman qu'elle avait entamé la veille.

Elle commence ses journées comme elle les termine, avec un livre. Une habitude prise dans l'enfance pour prendre de la hauteur. Lectrice de la première heure dans une famille qui ne lisait que la Bible, elle déniche des auteurs capables encore de lui raconter le monde et son pays, et leur pardonne leurs maladresses s'ils enflamment son imagination.

Entre chaque défilé, Christine avait passé beaucoup de temps à attendre. La solitude et les longues heures d'attente imposées par un emploi fait de spectacles routiniers ont décuplé en elle une passion pour la rumination. La lecture est le meilleur moyen de meubler les temps morts et de s'approprier les expériences d'autrui. Elle pratique cette activité solitaire pour des raisons différentes maintenant. Mieux vaut se perdre dans un livre, laisser son imagination prendre son envol plutôt que d'écouter des boniments à la télé. Cette habitude prise lors d'une enfance difficile lui apporte encore une grande satisfaction.

Avant de se décider à partir en retraite, elle avait renoncé à faire les déplacements avec ses égéries, ces mannequins filiformes qui lui apportaient tant de joie. Se rendre dans des villes qu'elle connaissait comme le dos de la main ne l'emballait guère. Milan, Londres, New York, Berlin ne recélaient aucun mystère pour elle. Rien ne l'émerveillait plus, si ce n'est, chez les gens, la générosité et la compassion aussi.

C'est entendu ! Ngone l'accompagne faire un tour au marché en fin de matinée. Pour une fois, Constantine acceptait de se passer d'elle. Le déjeuner prêt, la maison astiquée, elle devait pouvoir fonctionner sans sa nièce pendant deux heures.

Une parente démunie venue de la campagne pour aider à tenir une grande maison en ville, rien de plus commun. À seize ans, sans Constantine, la petite aurait été mariée, serait condamnée à mener une vie d'enfantements à répétition, à labourer les champs d'un homme trop vieux pour elle.

L'alternative, avait dit Christine, « une vie de restavek à l'haïtienne ? » Elle se plaisait à taquiner sa sœur. Ngone, elle le savait, était heureuse ici parce que bien traitée ; assurée au moins, sous la protection de sa tata, de fréquenter l'école et d'avoir une occupation.

À Dakar, le soleil insidieux, au premier abord tolérable, grille la peau en un temps record sans que l'on s'en rende compte. Christine et Ngone avancent d'un pas leste et soutenu dans des rues grouillantes de vie. Elles se protègent des rayons du soleil, et esquivent les enfants à la solde des marabouts qui pour toute éducation mémorisent les versets du Coran et apprennent à mendier ; un art qui se perd et relève de l'exploit. Les marmots s'attellent à la tâche pour éviter les talonnades de leurs maîtres après un retour bredouille au bercail.

Il ne faut surtout pas prendre le risque de répondre à leurs incessantes sollicitations. « Amoul khalis », « pas d'argent », est la meilleure formule avec eux. Pour attendrir les coriaces, les gamins de la rue ont réponse à tout et de la suite dans les idées. Causer reviendrait à leur faire cadeau de son portefeuille.

Éparpillée au centre-ville, rendue invisible par l'habitude, une armée d'estropiés se donne en spectacle dans l'insouciance générale. Pour attirer l'attention, se voir accorder une piécette, il faudrait qu'un homme coupé en deux, le tronc posé au ras du sol sur une planche à roulettes, vienne cogner les talons d'un passant.

Des hommes ventrus recouverts de longues toiles satinées pinaillent dans la rue s'aidant de grands gestes sous les regards craintifs de gardes en uniforme. Ngone mène la marche. Elle connaît le chemin du marché mieux que tata Christine.

Un carnaval d'étoffes chatoyantes accapare l'attention. Un groupe de femmes potelées en boubous flottants émerge chaloupant d'une rue perpendiculaire tel un troupeau de mastodontes. Leurs larges fessiers, de toute beauté, à peine dissimulés sous la toile diaphane bloquent rondement le passage, et les forcent à ralentir.

Christine ouvre la bouche pour s'esclaffer. En Europe, elle s'était entourée de jeunes femmes complexées dont la préoccupation première était d'éviter l'embonpoint sous peine de licenciement.

Le côté cocasse de la situation ne lui échappe pas. Il fait bon être de retour au pays où la sensibilité se libère après une vie passée à l'idéaliser.

Étal après étal, joignant leurs voix à la cacophonie du marché, les deux femmes tâtonnent puis soupèsent les fruits et les légumes qu'elles marchandent avec les vendeuses comme si leurs survies aussi en dépendaient. Les yeux écarquillés, menaçant de quitter leurs orbites, réprimant l'envie de rire, Ngone prête l'oreille à tata Christine qui pour la première fois baragouine en wolof comme une vraie de vraie.

Clairement, en plus de ses manières, le français a colonisé son verbe. Pour autant, elle n'a pas oublié le wolof qui n'est pourtant pas sa langue maternelle. Ngone, Christine et Constantine viennent du sud, de cette Casamance où l'on ne parle pas le wolof, mais un créole portugais semblable à celui de la Guinée-Bissau, et d'autres langues encore. Un sourire franc illumine son faciès. Ngone se réjouit. « Il est donc possible d'être à la fois une grande dame sophistiquée comme tata Christine et de déblatérer le wolof comme une Lébou de Dakar ? Tout est envisageable, alors ! »

— Deux kilos de beurre de cacahuètes. Ajoute la même quantité de beurre de karité, ma chérie.

« Que compte-t-elle donc faire avec tout ce beurre ? Il y en a suffisamment pour un an. À présent, elle prend du riz, des légumes verts, et du poulet en trop grande quantité aussi. Pense-t-elle donc qu'il n'y en a pas à la maison ? Sa sœur a fait les courses pourtant. Il n'y a déjà plus de place dans le frigo. » Remarquant la mine perplexe que tire la jeune fille, Christine lui caresse délicatement la tête laissant échapper :

— Ne t'inquiète pas, mon enfant. Demain, j'organise une grande fête. J'ai invité tout le quartier. Tout cela, c'est pour le nourrir. Tiens, aide-moi !

Elle lui remet un cabas et se dirige déjà vers les marchandes de poissons.

— Chers amis, merci d'être venus. J'espère que vous avez trouvé les mets à votre goût! Si c'est le cas, je m'en félicite. Cela veut dire que je n'ai pas perdu la main.

L'assemblée s'émoustille.

— Si ce n'est pas le cas, je vous prie de blâmer Constantine. La jalouse n'a pas arrêté de mettre son grain de sel dans ma cuisine.

Estomaquée, Constantine glousse de rire.

— Je vous ai réunis aujourd'hui dans la cour de nos défunts parents, comme vous devez l'imaginer, pour discuter des actions qui s'imposent pour l'amélioration et la salubrité de notre cher quartier. Vous rappelez-vous comment il était beau quand nous étions petits? J'ai besoin de votre soutien. J'ai des idées à vous soumettre et une proposition à vous faire. Que pouvons-nous accomplir ensemble aujourd'hui pour lui redonner son éclat?

Une voix masculine s'élève.

— Ça remonte au temps de la colonie. C'est fini. Les temps ont changé. Avec tous ces paysans qui arrivent chaque jour de la brousse et qui ne comprennent rien à l'hygiène, c'est mission impossible !

La voix d'une femme se joint à la première :

— Hélas, on ne peut rien attendre de la municipalité. Elle n'assure plus l'entretien de quoi que ce soit. Autant dire qu'elle nous a abandonnés. Tous des tire-au-flanc. Il y a deux ans, les obliger à installer des lampadaires dans les rues a été un vrai parcours du combattant.

En marge du groupe, des hommes se lavent les mains dans une calebasse avant de partir.

— Messieurs, crie Christine paniquée, nous ne faisons que commencer. Reprenez place, s'il vous plaît.

— Madame Sylvain ! Nous vous remercions de votre hospitalité, rétorque le plus âgé. Nous avons nous aussi des choses à faire et des bouches à nourrir. En quoi vos histoires d'urbanisme nous concernent-elles ?

— Restez et vous allez comprendre. Ce que je vais proposer vous aidera également à nourrir vos familles. Faites-moi donc confiance, chers amis ! Reprenons. Des éclopés et des mendiants occupent en permanence les rues du quartier. Cette situation ne peut plus durer. Elle contribue à l'insécurité croissante.

— C'est à la police de faire son travail. Pas à nous, héla une voix rauque cachée dans l'assemblée.

— Qui va gérer le chaos en attendant, les déjections, les détritus, la vermine ? Nous devons faire quelque chose pour nos enfants, vociféra Christine avec finalité.

— En échange de vêtements usagés et d'une ration quotidienne de nourriture, la cinquantaine de squatteurs des trottoirs du quartier accepte de limiter les nuisances, héla Constantine. Christine leur a parlé.

— Oui. Ils placeront les canettes, le verre et les cartons dont ils n'ont plus besoin dans des barils installés à cet usage à chaque coin de rue. Ils occuperont uniquement les parties verdoyantes du quartier afin de libérer les trottoirs, et s'assoiront de préférence sous les arbres plutôt que sur la voie publique. En signe de gratitude, je suppose ; quelques mendiants m'ont même offert de balayer devant les maisons et les boutiques. Faire respecter ces engagements ne sera pas une mince affaire. Mais croyez-moi, j'y veillerai. Je discuterai s'il le faut, encore et encore avec chaque forte tête, leur ferai une offrande supplémentaire en échange de leur collaboration.

À six heures chaque soir, une queue se formait. Les grands-mères accompagnées de leurs petits-enfants installaient des tables pliantes et des faitouts pour procéder à la distribution du riz et des légumes en sauce, comme promis. En l'espace d'une semaine, on assista à une véritable révolution prise en charge par les matrones du quartier.

S'aidant de ses économies, Christine finançait le projet pendant les trois premiers mois. Si les habitants du quartier en voyaient le bien-fondé, libres à eux de contribuer davantage à l'effort.

Peu convaincus, au départ, les commerçants, trop contents de retrouver leurs rues et leurs trottoirs, et de voir revenir les clients, finirent par y apporter allègrement leur participation. Une descente hebdomadaire de quelques heures de médecins accompagnés d'infirmiers dans les rues du quartier à la recherche de personnes malades finit par avoir raison des réfractaires ; pour la plupart des hommes qui n'acceptaient pas qu'une femme leur fasse de l'ombre !

Forte des dons divers qui affluaient, Christine prenait tout en charge. Elle s'y était engagée. Au milieu de cette effervescence, elle se dressait, attentive à la bonne marche des opérations. Le téléphone arabe fonctionnait. Les abonnés propageaient la bonne nouvelle et toutes sortes d'informations utiles sur le branle-bas d'initiatives en cours. Le quartier se souciait enfin de lui-même et se prenait en main. Personne n'y échappait !

En fin de semaine, Christine partait seule à la rencontre d'Aminata, une cousine lointaine qu'un amoureux violent venait d'abandonner pour une nouvelle conquête. Sa case, située à Arafat, un quartier sujet à des inondations fréquentes en saison de pluies, s'était effondrée. Sans emploi, elle s'occupe maintenant seule comme elle le peut de cinq enfants teigneux. Ngone n'arrivait pas à comprendre ! « C'est elle qui a besoin d'aide. Tata Christine croit-elle donc pouvoir soulager toute la misère du monde ? En s'engageant dans ce puits sans fin, quel démon cherche-t-elle à expier par ses bonnes œuvres ? »

Consciente de la dynamique qu'elle a mise en place, trop sollicitée, en journée, Christine se cache maintenant. On s'interroge au sujet de ses absences. C'est une femme occupée. Le plan fonctionne. On n'a plus besoin d'elle pour faire la distribution des vivres dans le quartier. Le sourire des passants en atteste, mais on recherche quand même sa validation. Les babioles des boutiques plus achalandées que jamais empiètent sur le trottoir. Les enfants jouent dans la rue. À la bonne heure !

Un groupe de résidents saluent de la main des sans-abris installés sur le gazon en face de leurs demeures. Le changement attire l'attention. Les familles des quartiers mitoyens ont rejoint le rang des volontaires. De nouveaux leaders se sont manifestés. Le mouvement se propage. En plus de la soupe populaire, maintenant, le thé s'offre à longueur de journée. La cérémonie du thé encourage le partage, la palabre, et renforce les liens sociaux.

Ailleurs, dans des quartiers sans vigiles, la capitale sénégalaise succombe sous le poids des immondices déversées dans la rue par une population en colère. Elle jette des ordures sur la voie publique pour contraindre l'État à réagir. Ça fait deux mois que les éboueurs sont en grève. Ils n'ont pas été payés et réclament leurs arriérés.

On se bouche le nez pour échapper aux mauvaises odeurs et on slalome pour contourner les amoncellements de détritus. Les résidents pestent contre l'inaction des autorités qui tolèrent que des axes routiers importants demeurent sinistrés et impraticables.

Christine joint sa voix à celle des protestataires. Son quartier donne l'exemple. On n'y recense aucun problème. Les voisins se prennent en main. Les sans-abris font du compostage et aident à la transformation des ordures. Ailleurs, on redoute la catastrophe sanitaire — le choléra, la conjonctivite, des dermatoses, la contamination de la nappe phréatique — la chute du tourisme et des fléaux plus inquiétants encore. Christine discute avec tout le monde. Les médecins s'en mêlent aussi. De concert, ils mènent un tapage médiatique d'envergure et finissent par faire céder les autorités. Les éboueurs seront enfin payés et les ordures ménagères ramassées.

Pour faire bonne figure, le Service National d'Hygiène part également en croisade contre l'insalubrité. Christine sort rehaussée du conflit. La réaction du gouvernement arrive à point nommé pour valider sa contribution. Dans la rue, on la prend pour le moteur du déblocage de la situation. Son empreinte est partout. La dame de fer a du bagou et elle sait fédérer. Le matraquage médiatique dont elle a fait l'objet l'a rendue populaire.

La cérémonie de lancement du plan d'amélioration de l'environnement et de la santé se tiendra à la mairie de Sicap-Liberté, un des quartiers de Dakar. Le projet Quartier Zéro Déchet va être lancé par le maire en personne. Il sera piloté par les partenaires sociaux dont fait partie Christine Sylvain.

Elle arrive en avance et rejoint les membres du conseil municipal en grande conversation avec le Maire sur le parvis. Le personnel dispose encore des chaises à l'extérieur. Invitée à prendre la parole, Christine qui n'a pas bien pris la mesure de la situation tremble d'inquiétude regrettant de ne pas avoir préparé de discours. Tout le monde a entendu parler d'elle et attend son intervention avec impatience. On la prend au sérieux ici. Plus question de faire marche arrière. Ce qu'elle pensait devoir être une petite réunion prend de l'ampleur sous ses yeux. Elle a chaud, elle a froid, ne sait plus où se mettre ni où donner de la tête. Elle se croit aussi trop mal habillée pour la circonstance.

Elle a retenu quelques bribes d'une conversation avec Dr Ousmane Aly Pame, le maire de l'écocommune de Guédé Chantier. Elle n'en avait pas fait grand cas alors, peut-être parce qu'elle y souscrivait. Maintenant, à court d'idées, elle souhaiterait reprendre à son compte les propos de son ami ; jette quelques notes succinctes sur une feuille puis aveuglée par le soleil, s'approche du microphone. Après une brève introduction suivie d'applaudissements frénétiques, elle se lance :

« Comparé à des pays comme le Rwanda ou la Gambie voisine, le Sénégal est un pays sale, très sale, où l'insalubrité est en passe de devenir une norme sacrée... Notre pays perd de plus en plus toute notion de fierté, de patriotisme, d'hygiène et de Téranga. (Car la Téranga commence d'abord et avant tout par un accueil dans un cadre propre, agréable et respectueux.) Les ordures envahissent jusque dans nos mosquées, nos églises, nos écoles, nos marchés et nos cimetières sans que personne ne s'en émeuve véritablement... Tout porte à croire que nos citoyens entretiennent des rapports quasi mystiques avec la crasse et la pourriture... L'insalubrité, chers compatriotes ternit gravement l'image et l'honneur de notre pays, plombe ses activités touristiques et économiques tout en ruinant le bien-être de nos compatriotes et celui des étrangers qui vivent parmi nous. [Réveillons-nous !] »

Qu'est-elle en train de faire ? Cherche-t-elle à se faire des ennemis ? Des hommes et des femmes circonspects, endimanchés pour l'occasion, applaudissent timidement. Son discours, livré avec lenteur et conviction, lui aurait-il valu les foudres de l'auditoire ? Christine n'ose plus regarder personne en face, elle qui s'exprime comme un toubab et cherche à apporter sa lumière là où on ne lui a rien demandé. Elle sait qu'elle vient de faire une gaffe ; pense même avoir définitivement perdu sa place parmi les siens. Sans aucun doute, elle a frappé fort. À ainsi remuer la merde, n'a-t-elle peur de rien ? Sa critique a été acerbe, intempestive même, mais les faits lui donnent raison. Sauf que « L'occasion est conviviale. Elle aurait quand même pu préparer un autre discours que celui-là », se lamente le maire, très embarrassé.

Christine s'écarte du podium la bouche sèche, les mains moites et les traits tirés. Une crampe lui noue l'estomac. Son cœur bat la chamade menaçant de lui ouvrir la poitrine. Elle fait quelques pas puis perd pied et trébuche aussitôt. En état de choc, l'assemblée émet des cris stridents. Deux hommes se précipitent pour la retenir. Elle fait mine de s'évanouir. On l'aide à s'asseoir.

— Apportez de l'eau fraîche ! Faites-lui de l'air ! crie un homme autoritaire aux mains épaisses. Elle est restée trop longtemps debout sous ce soleil torride.

Il asperge son visage, lui fait boire quelques gorgées d'eau minérale puis l'allonge sur un banc et surélève ses pieds. Il sait ce qu'il fait et doit être médecin. Christine l'entend s'adresser à une autre personne. Elle se sent un peu mieux.

— Elle a fait un malaise vagal. Les personnes âgées comme madame et celles qui souffrent d'hypertension ou de diabète connaissent parfois des soucis d'autorégulation de la vascularisation cérébrale. Rien de bien méchant !

Ce qu'il dit la dérange. Christine se redresse subitement, une seule idée en tête : déguerpir au plus vite et arrêter de se donner en spectacle. « Personne âgée vous-même, non, mais ! » Son attitude est claire. Elle ne souhaite pas se faire remarquer davantage et alimenter les ragots.

Des médicaments, elle en prend depuis longtemps et tient à la discrétion. Personne ne doit s'apitoyer sur son sort. Elle est revenue au pays pour mourir dans le calme. La voix chevrotante, elle s'attelle à rassurer les personnes bienveillantes qui retardent son départ.

Le jour où, au travail, elle a vidé le frigo pour consommer toutes les boissons qui s'y trouvaient, les choses sont devenues graves. Elle était même partie acheter plusieurs packs de coca, une boisson qu'elle détestait, pour remplacer tous ceux qu'elle avait bus. Sa vision s'était troublée aussi, lui rendant la tâche impossible à l'atelier. La perte temporaire de son acuité visuelle lui a fait une peur bleue et ses ennuis ont commencé pour de bon. Quand elle ne s'endormait pas sur une chaise, elle se précipitait aux toilettes. Quand elle ne se précipitait pas aux toilettes, elle s'endormait sur une chaise. Emmurée dans la peur elle se répétait la même chose : « Qu'adviendra-t-il de moi si je ne peux plus remplir mon rôle ? »

Christine mangeait sans appétit et après se plaignait de picotements aux pieds. Sa vue se troublait souvent. Pendant la pause-déjeuner, redoutant le pire, un jour, elle se rua chez l'opticien qui l'encouragea à se faire tester d'urgence pour le diabète. Au lieu d'une, elle se retrouva avec deux conditions, le diabète et l'hypertension. À son insu, depuis plusieurs années, elle hébergeait ces deux tueurs silencieux. Et crotte ! Pour gagner son beurre, elle n'avait rien trouvé de mieux qu'un emploi sédentaire ! Se démener sur une chaise à longueur de journée, trop dangereux. Le boulot la tuait.

Personne ne se doutait de rien. Son secret était sauf. Il devait le rester. Mieux valait susciter l'envie plutôt que l'indignation, garder ses médicaments loin des regards indiscrets, et ne pas ramener l'attention sur soi. Il lui restait tant de choses à faire. Christine évoluait dans la crainte d'être démasquée.

C'était l'évidence même, des problèmes se posaient, il fallait les régler. Rien de bien compliqué. Elle n'avait aucun mérite à ses propres yeux. Si elle avait pu, elle aurait fait plus et mené une action de terrain plus concrète encore. Créer des emplois, des lieux d'hébergement pour les sans-abris, une banque de microcrédit, du soutien scolaire pour les enfants, une assistance légale pour les plus démunis. Il y avait tant à accomplir encore.

Elle aurait aimé ajouter plus de cordes à son arc. Chanceuse, sans aucun doute, elle était aussi toute petite devant l'insondable. Le soutien du quartier, incertain au début, s'était avéré bénéfique. Jusqu'où pouvait-elle pousser le bouchon ?

À l'occasion, Christine haranguait les foules qui bifurquaient par le quartier pour lui rendre hommage. « Le changement dont nous avons besoin commencera avec nous, les citoyens. Un univers ne change que lorsque les personnes qui l'occupent changent. Notre état d'esprit et notre conscience individuelle doivent changer pour que nos actions à venir déclenchent une transformation qui nourrira notre fierté de partager un espace de bien-être et de beauté dans lequel nos enfants s'épanouissent. Voilà ma vision. Une vision c'est un rêve que l'on partage et que l'on s'applique à rendre réalité ensemble.

Alors que notre quotidien se dégrade, devons-nous encore attendre que les réponses à nos problèmes viennent des autres, de ceux qui ne souffrent pas de ces problèmes ? Qui n'ont cure de nos maux ? Nos dirigeants, peut-être ? Mais qui sont nos vrais leaders ? Je vous le demande !

Le leadership n'est pas une position. Être nommé leader n'a jamais fait de quelqu'un un leader. Vous n'avez besoin de l'autorisation de personne pour mener un combat. Vous n'avez pas besoin d'être le plus intelligent ou le plus beau non plus. Pas besoin d'un diplôme. Il vous suffit de prendre une décision, de faire un choix, de suivre votre impulsion. C'est de plus d'initiatives qu'il nous faut maintenant. De plus d'actions. Un problème vous interpelle et vous devez vous dire, je vais faire quelque chose. Pas, "Quelqu'un devrait faire quelque chose." Je suis la bonne personne pour agir à mon niveau. Nous sommes les premiers affectés par les problèmes qui nous minent. Ce qui nous dérange, il nous appartient de le régler ! »

Christine ne recevait pas que des louanges. Certains lui faisaient des reproches auxquels elle rétorquait : « Je fais ce que je peux avec les moyens du bord. Comment réveille-t-on les consciences pour responsabiliser chaque membre de la communauté ? Je parle à tout le monde, et vous, que faites-vous donc ? Joignez-vous à nous plutôt que critiquer. Il faut des sponsors, des bénévoles, une organisation, des moyens, une vraie assistance à la fois du gouvernement et des entreprises privées, et davantage encore pour mener des actions d'envergure. Comment promeut-on le bénévolat au sein d'une culture axée sur la survie ? »

Ngone, pourtant admirative, cultivait des doutes sur les motivations de Christine. « Qui cherche-t-elle à mystifier ? Pourquoi s'enquiquine-t-elle des problèmes d'autrui alors qu'avec son pactole, elle pourrait se la couler douce au pays ? Quelque chose la chagrine. Sa pétulance n'est pas naturelle. Et ce regard vide, que cache-t-il ? Est-ce donc que ne pas avoir été une mère exemplaire la taraude encore ? »

À force d'épier les conversations de ses tantes, Ngone a fini par se faire une idée du calvaire de Christine qu'une déchirure empêche de s'épanouir et de se laisser aller. Plus de trente ans après, le goût d'une défaite amère lui colle encore à la mémoire. Elle n'en parle jamais, à part à Constantine et à son meilleur ami, un dénommé Lazarus.

Plus que l'ombre d'une femme prise dans l'étau d'une angoisse chronique, il y a longtemps déjà que Christine a perdu confiance en elle. Sa vie ne tient qu'à un fil. Un tout petit espoir l'anime encore. Elle ne survit plus que pour les autres maintenant. Dans le désarroi qu'elle tait, elle ne pense qu'à une chose, son petit devenu grand, qu'elle voudrait, plus que tout, embrasser une ultime fois. Rien au-delà de cette idée fixe ne rime plus à rien. Tout se meurt en Christine. Dans son regard mécanique de sinistrée se bousculent fatigue et mélancolie. Dès qu'elle se retrouve seule dans sa chambre hantée par ses pensées assassines, elle s'éteint. Le livre qu'elle ouvre pour se changer les idées l'aide à repousser la fatalité.

Flanquée de centaines de sportifs, Christine s'est mise en tête de faire de la marche tôt le matin le long du littoral, entre la maison et la plage de Fann, avant que des véhicules par milliers viennent polluer la Corniche. Une vue imprenable en face de la plage s'étend jusqu'à l'île aux serpents. Inspirée, chaque jour, elle réfléchit en toute quiétude à ce qu'elle doit faire. Son médecin lui a recommandé la marche pour améliorer sa santé physique et mentale, évacuer le stress et réguler son rythme cardiaque. Elle est prête à tout pour réaliser son rêve.

NESTOR

— J'ai fait comment pour me retrouver là ? Attention la compagnie, j'explose. Ça va sentir.

Les habitués comprennent le gag. Victorine ne s'arrête même plus. Il hurle la même chose toutes les fois où sa femme le croise dans la rue dans une situation compromettante. Elle le toise, expulse un tchip féroce pour marquer sa désapprobation et poursuit son chemin. Nestor se tord de rire sur son passage. Il a trop bu. Accoudé à une table à l'extérieur d'un bar de Saint-Claude, il peine à se mettre debout.

— Ronm-la bon tou bònman. (Ce rhum est vraiment bon !) Il n'y a pas d'heure pour le Ti punch. Une boisson simple pour un homme simple. Ça coule tout seul. Allez, un autre Ti punch.

Il presse un morceau de citron dans du sucre de canne qu'il fait fondre, lâche le quartier d'agrume dans le jus visqueux, y déverse le fond d'une bouteille de Bologne et agite le tout doucement avant de lever le coude.

— Le rhum, c'est la vie ! Ne me prenez pas la tête, Madame. Vous n'y connaissez rien. Quel alcoolique prend son rhum avec du citron vert et du sucre ? Hein, je vous le demande, moi. Fè moun chié (faites pas chier).

Les rats d'église le connaissent depuis la petite école. « L'épave », c'est comme ça qu'ils le surnomment maintenant. Ils ne l'aimaient déjà guère avant. « Sé rat la » (les rats), c'est comme ça que Nestor les appelle. Il ne les porte pas dans son cœur non plus.

Garçon, il avait tout pour réussir, disait-on. Un nom respecté, une peau chapée, de l'argent à n'en savoir que faire, une bonne situation en vue auprès de l'administration. S'il avait réussi, personne ne s'en serait étonné. Et pourtant ! L'alcool est devenu le noyau de sa vie. Monsieur est une épave. C'est à vous crever le cœur. De nos jours, il fait honte à tout le monde, à sa famille, à Saint-Claude et à la Guadeloupe tout entière. Heureusement, ses parents ne sont plus là pour voir ce qu'il est devenu. Ils ne s'en seraient pas remis. Négligé, mal rasé, avachi sur une table, il se plaint comme si on lui avait jeté un sort. Si seulement c'était vrai ? Il aurait engendré plus de compassion chez tout le monde.

Par deux fois en l'espace d'autant d'années, comme s'il cherchait la validation de ses parents, Nestor était venu leur présenter une femme. D'abord, une négresse délicate, élancée et stylée, rencontrée à Paris, une dénommée Christine. Ça se voyait qu'elle n'était pas d'ici. Les voisins n'ont jamais su d'où elle venait exactement. Un mannequin haïtien, ou guyanais, peut-être, pensaient-ils ? En tous cas, une femme du monde repartie aussi vite qu'elle était arrivée. Avec sa belle-mère, les choses se sont très mal passées. Mère Sodonis subodorait une supercherie, obnubilée qu'elle fût par cette aura rouge foncé, teintée de brun, compromise par la peur. Pas question pour la mulâtresse d'accepter dans sa famille une femme comme elle, au regard fuyant.

Nestor revint à la charge un an plus tard, cette fois, avec une chabine du cru. Au grand dam de sa mère, il ne savait pas choisir ses femmes. Cela sautait aux yeux. Celle-là était « ochant » comme on dit en créole, excitée comme une puce, un tantinet vulgaire. Un peu simplette aussi, cette femme n'était plus vierge depuis longtemps déjà ; pas ingénue non plus, comme la première. Il s'en lasserait très vite. Ça se sentait aussi.

On aurait dit qu'il les collectionnait. Sacré Nestor! Le chaud lapin. Comme si une ne lui suffisait pas, à son retour définitif, il retrouva ses mauvaises habitudes. Il devait encore se croire irrésistible, le matador! Car il s'était mis en tête de butiner à la queue leu leu toutes les belles fleurs qu'il voyait, cet obsédé sexuel. La maman d'untel, ensuite sa cousine, sa sœur, et puis sa tante. On gran manjé kochon.

Si une refusait de coucher avec lui, il demandait à l'autre. Tous les untels de la région chercheraient bientôt à lui faire la peau. Grugés de près ou de loin, les rats le déclaraient tout bas, un pervers narcissique doublé d'un déviant sexuel, voilà ce qu'il était ce Nestor SODONIS. De nos jours, à l'occasion, on entend encore en passant devant sa maison :

— Ce vieil homme de plus de soixante-dix ans a des enfants dehors en pagaille. Il ne s'en est jamais occupé. Il a peuplé la Terre et s'entête à gronder qu'il n'en est pas responsable. Quelle honte, messieurs et dames! Ses bâtards lui ressemblent comme deux gouttes d'eau, je vous le dis. Ça existe encore des vieux chiens malélivés comme lui?

Ça fait plus de trente ans qu'il file un mauvais coton, le gars. Depuis son retour de Paris, en fait. Trente ans qu'il se laisse décliner. C'est une débandade qui n'en finit plus. Aucun médecin n'a pu venir à bout de son mal. Depuis nanni nannan, ses frères et sœurs ont rendu l'âme et c'est lui le dernier vrai survivant du clan des Sodonis.

Nestor a partiellement cédé la direction des entreprises familiales à de jeunes neveux et nièces qui le roulent sans scrupule. Quoiqu'il garde un droit de regard sur la comptabilité, il y jette un œil rapide et valide les opérations en signant les documents qu'on lui soumet à la chaîne sans chercher à comprendre les tenants et les aboutissants. L'important c'est la rente dont il dépend pour boire son eau.

Il ne reste plus que lui et les enfants dont il ne fait guère cas. Même s'il s'en sent plus proche, Xavier ne le calcule même plus et donc ne compte pas vraiment non plus. De plus, il est trop noir et trop retors pour être un véritable Sodonis, pas un mâle d'homme comme lui. Il n'en a ni l'allure ni la trempe. Ce n'est pas un mulâtre. Il n'est pas de la caste. Xavier a hérité des gènes de sa mère, des nègres « bitasyon ». Mais c'est un bougre instruit, plein d'esprit et plaisant. Un bonhomme serviable, bien solide. Le seul enfant reconnu, et Nestor l'affectionne même s'il le montre peu.

«Plutôt rester assis à la table du lolo que de tituber sur le trottoir comme un vulgaire ivrogne.» Une heure s'écoulera avant que Nestor ne parvienne à rentrer. S'il y a bien une chose qu'il déteste, c'est d'être traité de personnage vulgaire. Ce n'est pas sa nature. S'il lui arrive de l'être, c'est uniquement pour se défendre, et puis c'est tout.

L'heure du déjeuner approche. Victorine devrait déjà être rentrée. Nestor titube mais trace le bon chemin. Sa tête est là, sur ses épaules. Lorsqu'il ouvre la porte, l'arôme d'un court-bouillon le frappe en pleines narines. Un mélange d'air marin, de piment, de persil, de cives et de bois d'Inde. Du vivaneau, hourra! Il aime ça! Cheminant vers la cuisine, il se lèche les babines. Penchée sur ses casseroles, Victorine devine sa présence et frémit. Elle le sent approcher. Son haleine l'incommode.

— Tu sors de ma cuisine tout de suite, vieux corps.

— Juste un petit câlin, ma bibine. Qu'est-ce que tu nous prépares comme ça? J'ai une faim de loup.

Mimant le bisou dans le cou qui lui est destiné, Nestor attrape Victorine par-derrière.

—Ban mwen yon ti bo, dé ti bo, twa ti bo doudou ... (chanson traditionnelle :

donne-moi un bisou, deux bisous, trois bisous doudou). Pouah. C'est quoi cette odeur ? Jésus, Marie, Joseph. Ay manman mwen. Tu as pété, ma fille ? C'est quoi ces manières ?

— Non, j'ai roté. Que ça te déplaise ou non, c'est le « cadeau » de mes soucis. Je t'ai dit de ne pas venir dans ma cuisine. Bien fait pour toi. Laisse-moi tranquille maintenant. Ça t'apprendra.

— On dit cadet, pas cadeau. Victorine, il faut faire un effort en français quand même, toi aussi.

— Tchip. Sòti adan kuizin an mwen, mwen di-w (Je t'ai dit de sortir de ma cuisine).

VICTORINE

Comment refuse-t-on un cadeau tombé du ciel? La vie a cette façon de vous prendre au dépourvu, de vous poser des colles. Victorine n'avait rien demandé mais seulement cherché à approfondir une amitié, pas à s'éprendre du mari de son amie Christine.

Elle n'avait rencontré que des salopards, s'était fait humilier toute sa vie par de fins manipulateurs d'un miroir aux alouettes, disait-elle. Après seize ans de vie commune, son premier mari l'avait laissée dans la précarité pour réaliser son fantasme avec une jouvencelle qu'il connaissait depuis quelques jours à peine. Seize années sacrifiées à l'autel d'une dévotion infructueuse.

Flottant dans une torpeur dépressive, obsédée par son souvenir, inconsolable victime du désir changeant d'un homme, il lui avait fallu trois ans pour encaisser l'affront. Obnubilée par la perte d'un mari qu'elle idéalisait, elle s'était convaincue que chez les hommes la frivolité est une seconde nature. Une fois son monde anéanti par l'ombre, elle était arrivée à perdre l'envie même de s'exposer à la lumière. « Pourquoi autant de déveine ? Parce que je ne peux pas avoir d'enfant ? »

Miraculeusement, la foudre la frappa et lui fit perdre la raison. Coincée dans une misérable existence, sans espoir, résignée comme beaucoup à une solitude précoce à l'âge de quarante ans, elle refusait maintenant d'accorder une pensée à celle qu'elle trahissait. Rescapée de la déveine, Pour Victorine, rencontrer Nestor avait été une aubaine. Chacun son tour, disait-elle. Nestor lui prodigua les premiers soins par un bouche-à-bouche enfiévré. Il lui massa le corps pour y ramener l'entrain. Son cœur se remit à tressaillir. Quoi de mieux qu'un soubresaut passionnel pour requinquer un organe moribond ? Nestor souhaitait que Victorine le suive aux Antilles et renonce à sa carrière. Il administrerait le patrimoine familial. D'une manière ou d'une autre, elle y trouverait son compte, avait-il dit. Les choses allaient être différentes. Elle voulait y croire. Cette fois-ci, avec Nestor, elle ne serait pas le dindon de la farce.

Victorine déchanta quelques années plus tard. Sa chance avait tourné. Ce que Nestor faisait avec elle, il le faisait également avec d'autres. Elle aurait dû s'y attendre. Avec elle, il avait trahi Christine, sa première épouse, pourquoi n'aurait-il pas cocufié la seconde, elle aussi ? Ses infidélités salissaient son image. Qu'il y a-t-il de plus dégradant que de se savoir trompée ? À l'issue d'un calcul intéressé, elle s'était ressaisie. Le bonhomme disposait de ressources et pouvait la mettre à l'abri du besoin. Pas question de tuer la poule aux œufs d'or. Elle exploiterait les déboires conjugaux à venir à son avantage. Faire l'autruche un moment servirait mieux ses intérêts. Elle resterait pour l'argent et rien d'autre.

Prise au piège de sa cupidité et de la volupté, Victorine poursuivrait malgré tout cahin-caha sa relation avec le mauvais bougre. De temps à autre, pour le rappeler à l'ordre, elle tirerait un peu plus fort sur la corde qu'elle nouait autour de son cou et alimenterait sa rancœur du souvenir de ses transgressions. La vengeance mijoterait à petit feu pour distiller l'aigreur de son poison.

« Chabine dorée dodue mérite qu'on s'occupe d'elle comme une reine », avait-il déclaré. Pour une fois, dans sa vie, elle serait le tyran et non plus la victime. « Si Nestor ne tient pas parole, sans faire d'esclandre, pour parvenir à ses fins la chabine dorée saura se montrer aimante et dévouée, mais ô combien cruelle à la fois. La vengeance est un plat qui se mange froid, paraît-il. » Certaines femmes bafouées savent se rendre terrifiantes dans leur capacité de nuisance. « À lui les os mous dont il raffole, à moi la fortune familiale qui fait tant sa fierté. On verra ce qu'on verra. » Le bois de bibine ne fait que commencer à chauffer.

ROMUALD

Encore groggy au réveil, Romuald compose le numéro de sa secrétaire machinalement. Il ne viendra pas au bureau aujourd'hui. Pas la peine de l'attendre. Il déprime, se sent désorienté, et nostalgique. Il ressort d'un tiroir la grosse enveloppe que son père lui avait remise. L'ouvre. Immédiatement, une photo jaunie par le temps se démarque du lot.

Il reconnait la dame fine, longiligne, à la peau sombre et au nez droit qui s'y distingue. La bouche ronde et les yeux étirés en amande sont ceux de la plus distinguée des amies de sa mère. « Qu'est-ce qu'elle fait là ? Elle venait me chercher quand j'étais petit. On allait voir des films de karaté avec Jim Kelly sur les Champs-Élysées. Je n'y comprends que dalle ! Elle se comportait comme une grande sœur, et les parents insistaient avec cette moue coquine pour que je l'appelle tata Christine. Mais ma mère n'avait pas de vraies sœurs !

Elle vient du Sénégal. Oui, c'est bien ça. On se voyait deux fois par an, parfois trois. À mon anniversaire, et juste avant Noël, et elle appelait chaque mois pour prendre de nos nouvelles. Tata Christine n'est plus revenue après mon treizième anniversaire. Je ne l'ai jamais revue en tous cas. Maman disait que c'est parce que je posais trop de questions. Ça la faisait pleurer. Je voulais tout savoir, comprendre qui elle était vraiment.

Les parents m'avaient dit qu'elle était une amie de longue date. Je n'en croyais pas un mot. En sa présence, ils étaient trop gênés, pas assez naturels. Comme s'ils redoutaient quelque chose. Ça nous mettait mal à l'aise. Alors moi aussi, je faisais le timide et ça prenait du temps pour qu'on rigole ensemble. La crainte dans les yeux de papa me contraignait à retenir ma joie. Une crainte mêlée de gratitude parfois. Il avait peur, mais je ne savais pas de quoi !

J'aimais bien cette dame-là. Elle était différente des autres bonnes amies de maman. Ça m'avait étonné. L'écart semblait énorme entre elles, aussi. Si je me souviens bien, elle faisait ses vêtements elle-même et était toujours bien mise. J'ai développé le goût des belles fringues grâce à elle. À l'occasion, elle nous apportait des habits chics, à la mode, à maman et à moi, des vêtements sur mesure. À cause d'elle, quand j'étais petit, on m'appelait le play-boy.

Tata Christine avait ce regard hanté, mi-figue mi-raisin, qui faisait jaser les mégères. Chaque fois qu'elle nous rendait visite, l'atmosphère changeait ; c'est comme si une étoile du cinéma débarquait dans le quartier. Elle amenait du monde au balcon. Les questions fusaient, les commentaires aussi. Elle me couvrait de baisers et me touchait beaucoup. Les autres amies de ma mère ne me touchaient pas autant. Lorsque nous avons appris qu'elle désirait financer mes études, les vieux ont explosé de joie. Ils n'auraient pas pu assumer. Ils étaient trop fauchés. Ma mère a sauté au plafond tellement elle était heureuse. C'était soit ça, la laisser tout payer, ou pas d'études du tout. Sinon, MacDo embauche toute l'année.

Cette photo est très vieille. Je l'avais presque oubliée. Au milieu, moi, petit, flanqué de mes parents, et cette belle dame, tata Christine debout derrière. Son sourire illumine la photo. Cette dame-là, avec ses beaux cadeaux, nous amenait le bonheur. Je me souviens d'une montagne de jouets. J'évoluais comme un roitelet dans un petit château entouré de vassaux qui l'aimaient plus que tout. Mon papa ouvrier peu bavard trouvait le bonheur dans ses gitanes nauséabondes et son journal favori, L'Humanité. Il commentait les infos et m'expliquait parfois comment les capitalistes et leurs sous-fifres au gouvernement nous pourrissaient la vie, nous le petit peuple. Nous n'avions pas de gros moyens, sauf quand tata Christine nous dépannait. C'était une suzeraine, notre ange gardien à nous. Maman gardait une photo d'elle tout près de l'image de Jésus dans un coin de sa chambre. C'est sûr qu'elle l'aimait bien. Ma vraie mère, c'est donc elle ! »

Les larmes aux yeux, car il vient de comprendre, Romuald entame une lettre.

« Mais, elle me raconte sa vie ! « Je te demande pardon. Ce que tu vas lire pourrait te choquer, mais tu dois tout savoir pour comprendre. Je m'en voudrais de garder ça pour moi. Tu as le droit de savoir. Je ne sais pas combien de temps encore il me reste à vivre, ou si j'aurais le plaisir de te revoir un jour, et peut-être, pourquoi pas, de te prendre dans mes bras. J'ose seulement espérer. Enfant, tu étais si heureux, je n'avais pas le droit de t'imposer mon malheur. Crois-moi, étant donné les circonstances, j'ai fait pour le mieux. »

Elle pense que ses excuses m'intéressent ? Pour qui se prend-elle ? C'est quoi ça ?

« Mes frasques de jeunesse m'ont coûté mon mariage et toi, mon enfant. Mon histoire se résume à un traumatisme initial qui a conditionné le déroulement de ma vie. Il m'a aliénée de tous ceux que j'ai aimés. Ma souffrance a affecté mon jugement ainsi que ma santé mentale. Je n'étais pas digne de toi, mon enfant. Il faut que tu comprennes, et peut-être qu'un jour tu me pardonneras. »

C'est quoi ce délire ? On dirait des justifications. Non, je ne peux pas les accepter !

« Mon calvaire a commencé quand j'avais douze ans. Pendant un mois, chaque semaine, mon maître d'école me violait. Les sentiments de honte, de culpabilité, et d'impuissance me maintenaient sous son emprise. Vidée de toute volonté propre, je me suis fait violence et me suis tue. Je n'arrivais même pas à me défendre. J'avais trop peur. Les mauvaises langues auraient raconté que je l'avais cherché, comme elles l'ont fait à propos d'autres filles de mon âge qui elles aussi payaient le droit de cuissage à l'école.

Ce maître était un bourreau, un criminel, une ordure de la pire espèce. En désespoir de cause, au bord de la crise de nerfs, j'ai fini pas ouvrir la bouche pour exiger l'attention de mon père. Il a rassemblé une bande d'hommes pour chicoter le monstre. Ils l'ont roué de coups. Il a fallu que les forces de l'ordre interviennent et le jettent au cachot en sang et en larmes pour lui sauver la vie.

Après ça, le regard des autres devint un supplice quotidien. Il m'usurpa à nouveau mon innocence. Ma famille me retira de l'école. Je m'en voulais de la couvrir d'opprobres et trouvai refuge au plus profond de moi dans le mutisme et une souffrance qui ne voulait pas dire son nom. Mes parents ont alors pris la décision de me faire quitter le pays pour m'envoyer en France rejoindre tante Seynabou, la sœur aînée de mon père. J'ai achevé ma scolarité là-bas, chez cette femme admirable.

Sous sa protection, j'ai repris du poil de la bête. Souhaitant lui ressembler en tous points, je dessinais des modèles pour des collections de prêt-à-porter pour m'amuser. Couturière de son état, elle m'a guidée vers une formation de styliste, ce qui m'a donné le goût des belles choses. Cinq ans après le bac, j'ai obtenu un diplôme de l'École Nationale Supérieur des Arts Décoratifs (ENSAD).

À Paris dans le milieu de la mode, jeune adulte, je fréquentais les boîtes branchées et m'étourdissais à faire la fête. L'alcool coulait à flots. Ils ne s'en cachaient pas, les hommes raffolaient de moi et moi de leurs attentions. Pour obtenir mes faveurs, ils arrosaient mes soirées de champagne et me couvraient de présents. Jeune et stupide aussi, je les laissais faire.

Comme si j'étais une chose qu'on pliait, toute ma vie, ils ont cherché à me mettre à genoux. Je me suis laissée prendre au jeu du plaisir facile. L'alcool ou la cocaïne, au choix, berçait mes nuits torrides. C'est à cette époque-là que j'ai rencontré ton père dans les couloirs de la préfecture de police où je renouvelais ma carte de séjour. Il y travaillait comme chef des ressources humaines. Quand nos regards se sont croisés, nous savions. C'est comme ça! Parfois, un seul coup d'œil suffit. Il m'a fait une cour assidue. Je me suis laissée désirer, et pour ne pas le perdre, j'ai fini par céder. Hélas, nous nous sommes mariés, car à l'époque nous nous aimions. Tu es son portrait tout craché. C'était un fonctionnaire rangé dont la plus grande faiblesse était de trop aimer les femmes.

Je n'ai pas pu bien longtemps lui cacher ma dépendance, les sévices sexuels subis pendant la préadolescence, et mon libertinage. Je souhaitais tirer un trait sur cette période honteuse de ma vie et renaître grâce à son amour. Le destin a voulu que les choses se déroulent autrement.

Nestor Sodonis, ton père, a voulu me présenter à sa famille et me faire découvrir son île. D'après le peu que j'ai eu le temps de voir, la Guadeloupe est magnifique. Le courant est passé avec son père, son frère et sa sœur. C'est avec sa mère que tout a dérapé. Elle s'est braquée. Elle croyait savoir quel genre de femmes j'étais et m'a reproché mes grands airs. Elle trouvait que j'étais trop indépendante, trop assertive, et trop opiniâtre pour son enfant chéri. Je ne ferai pas une bonne épouse, disait-elle. Tout est parti en sucette après ça, et je n'ai rien compris.

Ton père retombait en enfance devant sa mère. Il se débinait à tous les coups, et n'a pas su ou voulu me défendre. Elle l'écrasait par la force de son caractère. Son fils pouvait mieux faire, disait-elle. Catégorique, elle ne voulait pas de moi dans sa famille. Cette garce m'a tellement harcelée que j'ai fait avancer mon billet retour après seulement quelques jours. En moins d'une semaine, j'étais rentrée à Paris sans demander mon reste. Trop d'humiliations. Je n'en pouvais plus !

Nestor devait me protéger, me sauver de moi-même mais, à mon contact, il s'est dévoyé et a succombé à l'attrait du monde factice dans lequel j'évoluais. Je n'ai pas pu le sauvegarder de mes mauvaises habitudes. J'ai entretenu son vice, c'est vrai, car il n'en avait pas les moyens. J'en ai fait un camé et sa mère l'a compris.

En l'espace d'une semaine, notre château de cartes s'est écroulé. Ma parenthèse de bonheur s'est refermée le soir où il m'a forcé à aller lui chercher sa dose de came chez un dealer. C'était la fois de trop. J'étais épuisée et n'avais aucune envie de sortir, mais comme il insistait et refusait de m'accompagner, je suis partie toute seule faire sa commission. Il faisait froid dans la nuit lugubre. Il ne pouvait pas prendre le risque d'être aperçu dans les parages d'un revendeur de drogue. D'habitude, c'est en plein jour, sur un coin de trottoir discret que mon dealer attitré me refilait sa came. Jamais la nuit. Impossible de le trouver. Il n'était pas là ce soir-là.

Je suis partie plus loin à la recherche d'un autre dealer dont j'avais entendu parler. J'avance à petits pas jusqu'au fond de la cour intérieure d'un immeuble à la façade lézardée. J'aperçois une lueur dans la lucarne d'une loge qui me fait plus penser à une remise qu'à autre chose, comme on me l'avait décrite. Je cogne à la porte et m'apprête à le faire à nouveau quand un toubab balafré de taille moyenne, à la mine patibulaire m'invite à me glisser dans son antre. L'inconnu me fait une peur bleue, mais pas question de rentrer bredouille. Nestor me crierait dessus !

Ce n'est pas la première fois que nous nous croisons. Il sait ce que je veux, me reconnaît, et sans que j'aie besoin de prononcer un mot, part me chercher de la poudre. Je lui donne des billets, il me remet un sachet. Alors que je me retourne pour partir, il me lance : « J'ai un petit cadeau en prime, rien que pour toi. » Il me tend une pastille colorée que je lui ôte de la main. Il insiste : « Vas-y, goûte-la de suite ! Ça va te plaire. »

J'ai peur, donc je m'exécute. Alors que j'introduis la pastille dans ma bouche, il me glisse un petit sachet dans l'autre main. Je lui dis merci et tourne le dos à nouveau pour prendre congé de lui quand son bras musclé m'attrape par le cou. Sous le choc, je commence à hurler. Il m'enfonce un chiffon dans la bouche et me tire brutalement vers le sol. Trop tard, j'ai avalé la pastille. J'ai du mal à respirer. Ma peau devient moite. Ma bouche est complètement sèche. Je suis engourdie. J'aperçois des taches de moisissure noirâtres sur les murs qui respirent fort avec moi. À présent, ils suintent de sueur et rétrécissent aussi. Des lignes fluorescentes descendent du plafond. Je m'excite. J'ai chaud. J'ai soif. Subitement mon pouls s'accélère. Je perds connaissance. La drogue a fait son effet. La poigne de la brute qui me maintient au sol n'a plus sa raison d'être.

Je me réveille, il me tourne et me retourne sur le sol comme une poupée de chiffon désarticulée. Ce n'est pas fini. L'homme des cavernes me brise et grogne au-dessus de moi. Je suis à plat ventre à présent, une douleur lancinante me déchire l'anus. L'animal me chevauche et gémit comme un forcené. Il vient d'éjaculer sur mon derrière. J'ai très mal et j'ai honte. Je pleure toutes les larmes de mon corps. La malédiction s'acharne sur moi. Et puis c'est fini. J'entends la porte claquer, des pas qui prennent la fuite, et le silence qui me perturbe plus que tout. Il m'a balancé des sachets de poudre sur le sol humide avant de disparaître. Je n'ai plus envie de vivre, de sentir, de parler, plus envie de comprendre les hommes, leurs pulsions et leur sale manie de me plier en quatre, à volonté. Je ne suis pas assez forte, pas assez intelligente non plus.

J'essaie tant bien que mal de me relever. Mes vêtements sont souillés, déchirés par endroits. Je saigne. C'est mon âme qu'on vient d'écorcher vif une fois de plus. Il m'a sodomisée et puis m'a renversée contre une bouteille de bière brisée avant de disparaître, et je suis restée là prostrée comme à l'agonie.

Plus encore que la toute première fois, ce viol-là a transformé ma vie. Il m'a rendue indigne. Je suis devenue un mort-vivant. Je ne veux plus jamais entendre parler de sexe ni me sentir dominer par une brute. Je hais cette chose immonde entre mes jambes que convoitent tant les hommes, la source de mes malheurs. Je clopine jusqu'à l'appartement agressée en chemin par l'effroi des piétons. J'ai envie de crier : « Oui, je suis une sale droguée et une salope aussi. Foutez le camp. Sortez de mon chemin. Foutez-moi la paix ! »

Nestor ne veut rien entendre, pourtant la terreur dans son regard indique qu'il sait déjà l'abominable vérité. Il demande son sachet, ne s'intéresse qu'à sa merde et m'envoie me laver. Quel toupet ! Faire disparaître la preuve, c'est nier la vérité. Il m'interdit de me rendre au poste de police. Il faudrait expliquer qui je suis et qui il est, et ça, il n'en est pas question. C'est trop risqué. Nous avons trop à perdre. Maintenant, il m'observe de son regard vacant alors que je m'éloigne. Ce n'est plus mon mari, mais l'esclave d'une drogue qui paralyse ses sens et sa décence.

L'envie de mourir prend racine au plus profond de moi, et j'aimerais la purger de toutes mes forces. Je ne le peux pas. J'ai trop mal. Je pleure. Mes larmes sont invisibles. Je soigne mes entailles du mieux que je peux. Cette situation ne peut plus durer. Je ne suis que puanteur encore une fois au-dedans. Morte ce soir, une fois de trop, sans aide, je ne pourrai pas revenir à la vie. Je suis allée aux urgences, déconnectée, toute seule, pendant qu'il planait dans la chambre.

« Oui, je me suis fait violer. »

Devant l'insistance des soignants, la police intervient. Une plainte est consignée. Je les suivrai au commissariat, après tout. Une enquête aura lieu. Deux semaines plus tard, c'est officiel, je suis enceinte. Nestor fait pression sur moi. Il doute de sa paternité et rabâche que je dois avorter. Je savais qu'il était le père, donc j'ai refusé. À cause de moi, il est inquiété au travail, sujet à une action disciplinaire. Je suis trop noire, trop têtue, trop conne, en tous points trop incommodante. Il dit que je suis la pire des choses qui lui soient arrivées dans sa vie de merde. Je le dégoûte. Sans hésiter, il prononce ma disgrâce, fait ses valises et me largue sur-le-champ. C'est lui qui me dégoûte.

Comme si cela ne suffisait pas, dans le courant de la semaine, une déveine en amenant une autre, ma tante décède des suites de son cancer du sein. Je suis poursuivie par la malédiction! Le sort s'acharne encore. Le ciel m'est tombé sur la tête et Dieu n'a pas levé le petit doigt. Cette fois, j'ai perdu les pédales et me suis retrouvée dans une maison de repos psychiatrique. »

Ne se rend-elle donc pas compte de ce qu'elle me dévoile? Comment puis-je aimer une femme comme ça? La vie n'a pas été tendre avec elle non plus, mais c'est une adulte. Elle aurait pu faire de meilleurs choix. Pourquoi me dire tout ça? Voudrait-elle que je m'apitoie sur son sort? Et moi dans tout cela? A-t-elle pensé à moi? Je n'ai rien demandé. Ne suis-je pas sa victime?

C'est vers moi qu'elle se tourne cette dépravée? Une malade mentale, une droguée, une catin, et puis quoi encore? Qu'ai-je fait au Bon Dieu pour mériter une mère comme ça? Ce rebut de toutes les sociétés est ma mère biologique? C'est ça, plains-toi, connasse. Même plus envie de lire ce paquet de malpropretés! Mes seins sont trop petits, personne ne m'aime, je n'ai pas d'amis, je suis une tarée, c'est la faute des autres, je suis une merde humaine. Et moi dans tout cela? C'est moi qu'on met au rebut! Je suis quoi, moi?»

Dans le grand appartement, Romuald pleure de rage dans la pénombre. Subitement, des bruits l'assourdissent. Quelqu'un cogne. On cherche à défoncer la porte d'entrée ?

— Police. Ouvrez. Police.

Romuald panique, essuie ses larmes du revers de sa manche de pyjama, se dirige vers l'entrée, le visage blafard.

— Une seconde, j'arrive ! répond-il alors que son cœur commence à s'emballer.

À travers le judas, il aperçoit trois officiers avant d'ouvrir.

— Vous êtes Monsieur Romuald Wamen ?

— Oui, c'est bien moi. Que puis-je faire pour vous ?

— Tenez, signez ici. Vous êtes sommé de comparaître pour un interrogatoire au commissariat de police à l'heure et à l'adresse indiquées ci-dessus.

— Mes papiers sont en règle. C'est à quel sujet ?

— À propos du meurtre de la nuit dernière au Rendez-vous des Champions. Nous savons que vous y étiez. Ne nous faites pas attendre.

— Un meurtre ? Suis-je un suspect ?

— Si vous l'étiez, c'est avec un mandat d'arrêt que nous serions venus. Vous avez reçu votre convocation. Soyez à l'heure, Monsieur.

La sueur perle sur son front. Sa bouche est sèche, son pouls bat des records. Ce n'est pas la première fois qu'il se retrouve mêlé à une affaire judiciaire. Il en a marre. Sa vie a pris un tournant fatidique depuis qu'on lui a annoncé qui il est vraiment. Cette femme lui a transmis sa poisse.

En première année à HEC, une fois déjà, il avait atterri au commissariat suspecté du meurtre d'une jeune femme ; une histoire loufoque et sordide de libido élevée, de sexualité débridée, et de fantasmes inassouvis. Il s'était retrouvé mêlé aux histoires de coucheries d'une étudiante libertine, collectionneuse d'hommes.

L'amant coupable de l'assassinat de la jeune femme, objet de ses fantasmes, se rendit compte en fouillant la messagerie de sa victime qu'il n'était pas le seul bénéficiaire de ses largesses. Grand fut son choc. Il ne pouvait pas accepter la piètre place qu'elle lui réservait. Ivre de jalousie, l'homme tortura la femme qu'il disait aimer jusqu'à ce que mort s'ensuive. Romuald l'avait échappé belle alors, et s'en sortirait aussi cette fois. Il clamerait haut et fort une fois encore son innocence.

Soulagé par l'appréhension du véritable coupable, heureux de s'entendre dire qu'il n'était plus un suspect, Xavier avait alors déclaré aux enquêteurs :

— Je ne savais pas qu'elle était comme ça. On ne m'y reprendra plus. Elle et moi, on ne s'est vu que deux fois dans ma chambre d'étudiant. Elle n'était pas du tout coincée. Elle aimait faire la bringue, mais là, je tombe des nues. Personne ne mérite ça !

— Eh oui ! répondit l'enquêteur. Elle faisait des rencontres en ligne et invitait des inconnus chez elle. Cette fois, elle est tombée sur la mauvaise personne. Les réguliers comme vous dont elle avait enregistré le numéro dans son portable ont été les premiers inquiétés. Mais ce sont les preuves ADN qui ont permis le dénouement de cette affaire. Bon, c'est fini maintenant. Vous êtes disculpé. Au revoir Monsieur Wamen.

À Montréal, ces tristes souvenirs dégradaient l'humeur de Romuald. Il en avait assez de se retrouver mêlé à des affaires de mœurs et se sentait persécuté. Comment devait-il revoir son mode de vie ? Ne sachant plus où donner de la tête, il contacta ses parents à Paris. A qui d'autre pouvait-il se confier ? Sa mère l'écouta longuement avant de s'exclamer :

— Je vais t'aider à retrouver tes parents biologiques. Reviens nous voir en France, mon enfant. Arrête de vivre les mêmes dérives en boucle. Chercherais-tu à réparer le passé ?

La question l'interpella.

XAVIER

— J'ai rencontré le diable. Je me suis réveillé près de Kendall Jenner dans un hôtel miteux. Je ne sais pas comment nous avons atterri là ! Elle s'est métamorphosée devant mes yeux pour devenir toi, et puis encore une fois pour redevenir le diable. Il m'a dit : « Tu prends sur toi, et essaies trop de contrôler tes pensées et tes peurs pour faire plaisir à cette nana. À force de retenue, je te ferai voir trouble et tu auras mal dans tout le corps. Tu devrais plutôt t'abandonner à la colère et à la jalousie. » Puis, il m'a passé à tabac et m'a averti, le « Nous » est un filou. Oublie-le. Il n'y a pas de « Nous » qui tienne. Le diable dit que je n'en fais pas assez pour te contrôler.

— Le diable est un menteur qui grandit dans tes peurs. Rendors-toi, Xavier. Tu m'agaces !

La sonnerie retentit pour la énième fois. Quelqu'un insiste. Drôle d'heure pour une visite. « Quelle idée d'embêter les gens à 23 h ? » Lili craint le pire. Xavier enfile un bas de pyjama et se précipite vers la porte.

— C'est quoi ce boucan ? C'est qui ?

183

La colère à peine étouffée, une voix argentine et mélodieuse claironne :

— C'est moi. Ouvre !

Xavier s'exécute. Lili émerge en même temps dans le salon. La vue de la grande brune aux yeux clairs provoque un saisissement. Elle la reconnaît. C'est la voisine de palier. Déborah hoche la tête, mais garde les yeux rivés sur Xavier. Elle semble féroce. « Où sont donc ses bonnes manières ? » Lili ne rate rien et lui en veut sur-le-champ. L'ensorceleuse scrute son homme d'un regard insolent, un brin de convoitise dans le regard. On aurait dit qu'elle lui reproche quelque chose.

— Tu m'as fait peur. Que se passe-t-il ? demande Xavier, l'air penaud.

— C'est à toi que je devrais demander ça. Tu m'avais promis !

— De quoi tu parles ? Euh, je te présente...

— Pas le temps pour ça ! Viens constater par toi-même.

Aucun coup d'œil dans sa direction, aucun effort pour saluer Lili. Même pas de la main. Juste un hochement de tête. Elle ne s'y intéresse pas. Fait-elle exprès de ne faire aucun cas de Lili ? Elle s'acharne à fixer Xavier du regard gardant les lèvres pincées. De quoi a-t-elle peur ? Lili en a maintenant l'intime conviction ; il se passe quelque chose entre eux. Elle se sent dédaignée par une précieuse qui à peine rencontrée, l'insupporte déjà. Un sursaut d'orgueil pousse Lili à jouer les trouble-fête.

— Xavier, il est tard, on doit se coucher.

Elle voudrait qu'il soit clair que c'est elle maintenant qui occupe le terrain.

— Je t'attends dans le lit.

— Minute libellule. Permets-moi de te présenter...

Trop tard, Lili a tourné les talons lâchant un tchip sonore. Elle s'éloigne déjà parodiant la langueur savamment calculée de l'intruse, qui par sa présence attise sa jalousie. Ses yeux dardent l'immensité de son mépris. Incendiaire et sublime du haut de son mètre soixante-quinze, tout son corps se raidit ; Déborah fulmine.

— Je viens juste de rentrer et je retrouve mon chat dans son vomi, malade, à côté de son bol. Je ne comprends pas. Qu'as-tu fait ? Je croyais qu'entre toi et moi, tout allait bien.

— Tu ne vas quand même pas t'imaginer que j'aurais mis la vie du chat en danger ? Quelle raison aurais-je de faire une chose pareille ? Je te rappelle que c'est moi qui te l'ai offert. C'est insensé. J'attrape les clefs. Je viens avec toi, attends.

Chez Déborah, Xavier se précipite dans la cuisine. Les pattes molles, la tête rejetée en arrière, effondré dans son vomi, en effet, l'animal semble souffrant.

— Je ne comprends pas ce qui a pu se passer. Il faut me faire confiance. Je n'ai rien fait d'autre que le nourrir comme convenu. Tu dois me croire.

— Il survivra. Ne t'en fait pas.

Déborah approche et l'agrippe brusquement à la taille. Elle pose la tête sur sa poitrine, sanglote en s'enivrant de son parfum viril. Xavier l'entoure machinalement de ses bras. La voir ainsi désorientée l'affecte plus qu'il ne l'aurait cru. Il l'embrasse sur le front. Il croyait leur histoire terminée.

Livide, assise en tailleur sur le lit dans la chambre, les bras croisés sur la poitrine, Lili attend. Après quinze minutes, Xavier revient. L'air réprobateur qu'elle prend le contrarie. Il esquive son regard et se dirige vers le lit. Elle flaire sa gêne.

— Qu'est-ce qui a pris autant de temps ? Quelque chose ne va pas ? Je me faisais du souci.

— On discutait. Répond-il se glissant sous les draps.

« Quelle réponse à deux balles ! Aurait-il quelque chose à se reprocher ? » La colère déforme son faciès. Lili fixe Xavier dans l'expectative.

— C'est le chat. Il est en piteux état. Je ne comprends pas ce qui s'est passé.

— Je n'aime pas ta voisine. Elle se croit tout permis. Non mais, elle se prend pour qui ?

— Ah bon ?

— Comment cela, ah bon ? s'inquiète Lili en se déshabillant complètement avant de se glisser sous les draps. Tu n'as pas vu comment elle m'a traitée ?

Xavier n'écoute plus. Il doit faire diversion, et lâche sur un ton ferme, avant de tirer le drap sur sa tête :

— Elle est hystérique parce qu'elle vient de retrouver son chat pratiquement mort. Aurais-tu quelque chose à voir là-dedans ?

Par sa question, il cherche à la dérouter. Il vient de se rappeler de la tablette de chocolat noir qu'il avait oubliée à moitié consommée la veille sur la table basse du salon de Déborah. De la cave, il était monté chez elle en plein milieu de la nuit pour vérifier sa communication clandestine. « Le chocolat devait avoir mis le chat à mal. Certains animaux ne le tolèrent pas. Qui sait ? »

Dans son message crypté, Bob disait avoir fait interroger les fichiers internes de l'Organisation. « La situation est grave. Débarrasse-toi de ta belle au plus vite. Ne fais rien, ne dis rien, ne laisse rien traîner chez toi non plus. Pour le reste, on en reparlera face à face dans quelques semaines. » Xavier avait du mal à avaler ce qu'il venait de lire. De quel droit Bob se mêlait-il de sa vie sentimentale ? Qui, de Bob ou de Lili se foutait le plus de lui ?

Lili boudait. L'insinuation était crapuleuse. Elle ne daigna pas y répondre. Plutôt s'en foutre que de réagir à la provocation.

— Alors, tu me réserves d'autres surprises du genre ? Celle-là était de taille. La prochaine fois, dois-je m'attendre à tomber nez à nez avec d'autres de tes anciennes flammes ?

— Ce n'est pas ce que tu crois.

— Commençons par la serveuse.

— Je ne suis jamais sorti avec elle.

— En tout cas, elle semble bien te connaître. Ne serais-tu pas un peu dragueur sur les bords ? Pourquoi aurait-elle pris la peine de m'avertir ?

— Elle voulait sortir avec moi. J'ai refusé. Elle m'en veut. C'est tout ! On en a déjà parlé.

— Je me suis réveillée en plein milieu de la nuit hier soir et tu n'étais pas là. Toutes sortes d'idées m'ont traversé l'esprit. Où étais-tu ? Je t'ai attendu. Le sommeil a finalement eu raison de moi. À mon réveil, tu étais dans le lit. Ce matin, ce n'est pas vraiment toi que j'ai vu, mais un homme en colère, je n'ai donc rien osé dire. Où étais-tu ?

— Je suis allé faire un tour dehors. Il fallait que je m'éclaircisse les idées. Je n'arrivais pas à dormir. Ça arrive parfois, tu sais ?

— Euh. Si tu le dis. Je commence à croire que je me suis trompée sur ton compte, Xavier Sodonis. Tu as brisé le cœur de combien de femmes comme ça ?

— Tu ne vas pas recommencer ? Je suis sûr qu'on en raconte autant sur ton compte aux Antilles, Liliane Dorcy. Tous ces mecs avec lesquels tu es sortie et que tu fais passer pour des homos, serait-il possible que l'un d'eux qualifie votre relation autrement ?

— Ça suffit ! Contrairement à toi, je ne fricote avec personne, moi.

— Moi non plus. Depuis qu'on se connaît, j'ai mis tout ça de côté. En doutes-tu encore ? La confiance règne, je vois. J'ai de vrais sentiments pour toi, tu sais ?

— Comment puis-je te croire, Xavier ? Après toutes ces femmes ! Avec vous les hommes, on ne sait jamais sur quel pied danser. Dis-moi, tu aimes le punch au coco ?

— Qu'est-ce que le punch au coco vient faire là-dedans ? D'où tu sors ça, toi ?

— De chez ta voisine.

— Je lui en avais offert, effectivement. Écoute-moi bien, Lili. Tu me vois là ? Je ne rigole pas. Je ne souris même pas. C'est pour te dire à quel point je suis austère. Je n'ai pas la tête à ces prises de bec. C'est mon intégrité que tu remets en cause ?

— Tiens. Parlons-en. Devrais-je croire que tu ne me trompes pas ?

— Je n'ai aucune envie ni besoin de te tromper. Si j'avais voulu m'amuser, j'aurais cherché une jeune femme wélélé. Pas quelqu'un d'intense comme toi.

— Ça veut dire quoi, ça ?

— Ça veut dire que t'es flippante, chieuse grave, comme une crise cardiaque.

Le regard de Lili s'assombrit. Sa poitrine se serra. Ses yeux larmoyaient.

— Trêve de plaisanterie. Toute ma vie, j'ai voulu avoir une femme comme toi, belle et emmerdante à la fois. Tu es le genre de nana qu'on épouse et avec lequel on fait de gros bébés. En effet, j'ai fréquenté toutes sortes de femmes. Bien des choses ont changé depuis. Mais là, ce soir, tu vois, je ne comprends plus rien et je commence à en avoir plein le dos. Qu'attends-tu de moi ?

— Et ta voisine ?

— Tu n'as absolument rien à craindre d'elle. C'est une amie sans plus.

— J'ai été naïve dans le passé, ce qui m'a causé du tort. Mais, je ne suis pas et n'ai jamais été une marie-couche-toi-là. Tu dois l'entendre. Je n'accepterai rien d'autre qu'une relation exclusive avec toi. C'est à prendre ou à laisser.

— Eh bien, je laisse. C'est plus simple comme ça! répond-il alors que Lili s'émeut, prête à le frapper. Non, non, je rigole. Bien sûr que c'est ce que je veux, moi aussi. N'importe quoi, toi. T'es trop violente comme meuf.

Xavier s'approche d'elle, attrape son bras, la tire vers lui, lui happe les lèvres et bave sur son menton.

— Mais c'est quoi ces manières? C'est comme ça que tu me traites, comme une vulgaire marchandise? Va voir ta maîtresse à côté.

Une lueur malicieuse dans le regard, à son tour Lili presse ses lèvres mouillées contre les siennes. Xavier la serre plus fort tout contre lui. Lili se cale dans ses bras, parée à y demeurer aussi longtemps qu'il voudra d'elle. Son souffle le grise. Il est à moi seule ce bougre-là. Langoureuse, Lili cherche à confondre son désir au sien, à vérifier qu'il n'a rien pu donner à la voisine, à l'épuiser et à faire revenir le calme dans leurs cœurs. Chahutés par des mains impatientes, ses vêtements s'acheminent vers le sol. La vigueur de Xavier est intacte. Il retrouve la chaleur qu'il croyait avoir perdue.

Xavier fait une génuflexion, un acte de vénération. Il colle sa face contre le ventre mou de sa femme, l'embrasse avec délicatesse, déguste sa peau sombre, s'arrête à l'occasion pour l'admirer, la renifler et s'enivrer de son parfum. Elle s'extasie, emportée par sa sensualité. Il glisse une main adroite le long de ses jambes moites. Étouffant un soupir, elle verrouille son regard souffreteux dans le sien. Le désir de son homme l'émoustille. Il hume l'arôme piquant qui se dégage de son bas-ventre. Elle se jette sur lui, le taquine du bout de sa langue zélée avant de susurrer à son oreille, « Qu'attends-tu ? »

Elle l'observe l'investir puis aller et venir, lentement d'abord, avec précaution, et puis sans retenue. Il lui arrache un râle. Le fessier frétillant, surélevé, elle se frotte contre lui motivée par son acharnement. Attentive à l'instant précis de son paroxysme, elle lui prépare une surprise.

Une décharge électrique ébranle Lili. Les battements de leurs cœurs au diapason, ils fondent l'un dans l'autre. Soulagée la première, elle veille maintenant à son désengorgement pour le marquer de ses dents. La morsure est sanguinaire. Xavier pousse un cri bestial et s'abat lourdement sur Lili. De ses lèvres maculées, elle susurre à son oreille : « T'es à moi seule. Je ne partage pas. Ou tan (Tu entends) ? »

Perturbé par une attaque éprouvante, Xavier se redresse pour laisser Lili soigner les plaies qu'elle lui a infligées. La douleur lui remet en mémoire des scènes qui se répètent, des images obsessives dont il n'arrive pas à se dépêtrer : des femmes tourmentées se chamaillent avec des hommes volages, imperméables à leurs plaintes, trop insouciants pour dissimuler leurs méfaits.

Xavier protège un secret, une sorte de pacte passé avec sa belle-mère à l'âge de dix ans. En route pour la Poste, il avait rebroussé chemin se rendant compte qu'elle avait oublié de lui remettre l'argent de sa commission. Dans le couloir menant à la chambre parentale, il entend des débattements fougueux accompagnés de râles. Affolé, anticipant le pire, craignant une agression, il se précipite dans la cuisine à la recherche d'un couteau. Derrière la porte, une voix qu'il ne reconnaît pas : « Prends ça, et puis ça encore. »

Il ouvre la porte que personne n'a pris la peine de verrouiller, s'introduit sur la pointe des pieds pour se retrouver derrière un homme gigantesque penché au bord du lit au-dessus de sa belle-mère, Madame Sodonis, qui jubilatoire, de ses deux mains serre la gorge de son bourreau. Du coin de l'œil, elle aperçoit l'enfant, un couteau étincelant à la main. Elle lâche prise, efface la grimace qui la défigure pour se mettre à hurler, « Au secours. »

Xavier plonge une lame paniquée dans la fesse gauche de l'agresseur immédiatement tétanisé par une vive douleur. L'homme se cabre avant de tomber au sol. Le coup n'a pas été fatal. Immobile, abruti, Xavier ne comprend pas ce qui se passe. Incontrôlable, il se met à sangloter :

— J'ai tué le facteur, man Victorine. Je viens de tuer le facteur. Je n'veux pas aller en prison.

En sueur, les bourrelets à l'air nu, madame Sodonis saute du lit, agrippe le drap pour se couvrir, retire le couteau de la main tremblante de l'enfant, lui assène une gifle et vocifère :

— Tais-toi. Tu te tais. Tu m'entends ?

Puis l'entraîne de force au loin alors qu'il éclate de plus belle en sanglots. « Tu viens de tuer un homme, mais tu m'as sauvé la vie. Va, enferme-toi dans ta chambre et restes-y. Je m'occupe de tout. Tu ne dis rien à personne, même pas à ton père, tu m'entends ? Sinon, je ne pourrai pas te protéger. Tu comprends ? Tu ne sors de ta chambre que quand je reviens te chercher. Ça va aller. Merci mon petit. »

Le facteur n'est pas mort, mais il ne reviendra plus dans ce lit-là. Il souffre d'une plaie de chair. Madame Sodonis badigeonne sa blessure de mercurochrome. Dans la hâte, elle essuie les traces de sang sur le parquet avant de l'amener aux urgences par précaution.

Xavier vit un martyre qu'il doit taire. Sa belle-mère protègera son secret, et lui le sien. Il lui faut trois ans pour saisir le camouflet. À treize ans, pour la première fois, aigri, il comprend tout grâce à la lecture d'un article intitulé : L'asphyxie érotique. Les gestes qu'il avait mal interprétés sont décrits et reproduits, photos à l'appui dans un magazine. Il rage de s'être ainsi fait berner. Peut-il enfin révéler le secret qui pèse sur sa conscience ? Sûrement pas ! Lili le jugerait mal !

Il est trop tôt pour dévoiler la noirceur de son âme, mais celle-ci le hante dans sa déprime. «Je fais semblant d'être normal et pas le phénomène de foire que je suis devenu. Mais comme c'est emmerdant de faire semblant ! Je me mens pour mieux me faire accepter, pour obtenir ce que je veux ; moi, l'enfant bien élevé, l'employé modèle, le citoyen respectable.

Je ne suis qu'un pion dans un engrenage qui me broie et me chie quand il veut. De tous les systèmes, la famille est le premier. Le nôtre a échoué. Je déteste mon père et ma mère en mon âme et conscience comme on déteste la vermine qui nous pourrit la vie. Une famille ne sert à rien si elle n'est pas animée par l'amour !

Cet homme au patriotisme incontestable, à la verge baladeuse, ne s'est jamais intéressé qu'à lui-même. Je suis un des fruits de sa goujaterie. Il y en a d'autres. Je suis le fils de la bonne, il me le rabâchait et me traitait de pissenlit, ce qui faisait hurler de rire sa mégère endimanchée. Ma sale mère ne voulait pas de moi. Et comme elle, je ne serai qu'un bon à rien. Le pire, c'est que je le croyais. Et pourquoi pas ? Le verrat est mon père. La harpie, qui lui servait de tambour sur lequel il cognait quand ça le démangeait, encourageait sa cruauté. Autoritaire, il l'insultait tous les jours de la sainte semaine et si je m'attardais auprès d'eux, il me faisait ma fête aussi.

Cet homme est un bouffon, un goujat, la relique d'une époque coloniale où les hommes n'étaient que des brutes. Il ne sait rien de moi. Je ne suis rien pour lui. Rien d'autre que cette personne qu'il appelle pour se donner une conscience. Sa fourberie m'indiffère. Lui qui proclame être fier de moi, mais ne me soutient pas, il ne me manque jamais. J'ai déguerpi dès que j'ai pu, après dix-sept ans sous son toit, je me suis débrouillé à l'aide de bourses d'études et de petits boulots, sans rien lui demander.

Je me suis réveillé un jour la bouche remplie de fiel, n'arrivant plus à croire en mes tourmenteurs. J'ai donc cessé d'essayer. Sans faire de bruit, mon monde s'est effondré ne me laissant rien à quoi m'accrocher, plus de repères, plus de valeurs, plus de bien ni de mal ; un énorme vide ; plus de sens non plus, et rien d'autre que ma volonté mise à nue. Je me suis libéré de l'empire d'une miette, de son regard avilissant, de sa dépravation, de sa faiblesse rageuse aussi. À bout portant, dans ma tête, j'ai descendu l'ogre. Mon père a disparu, enterré dans l'oubli et l'indifférence de mon cœur. Aujourd'hui il ne reste entre nous plus qu'un simulacre de connexion.

Ça fait dix ans, et conscient du gouffre en moi, ce vide émotionnel creusé par son désintérêt et celui de ma mère, j'ai encore très peur de lui ressembler. Brisé en mille morceaux, poussé dans les affres du désamour, je réhabilite mon humanité à coups de reins. À présent, les rôles sont inversés. Dépendant et vieux, c'est lui qui se plaint de la peine que je lui cause et de la haine bénigne que son dédain a suscitée.

Charge insupportable ! Je suis devenu le père de l'homme qui m'a enfanté, lui-même à la merci de l'épouse qu'il flouait, trop gaga pour se défendre de sa vindicte. La justice est parfois poétique. Animé malgré tout d'un besoin de reconnaissance, je ne le déteste plus que par habitude. J'ai pitié de lui, pauvre pécheur, comme on a pitié du vermisseau que l'on piétine. Mais l'aimer ? De grâce, ne me le demandez pas !

Promis à la supériorité par un grand papa colon victime d'une fable pétrie d'hypocrisie, de phobies perverties par un omnipotent apparat scientifique utilisé pour légitimer un pillage lucratif, mon père est le maillon faible d'une chaîne rouillée. Tous deux nés de la violence dans un silence d'or, bolokos (tarés), lui comme moi, nous sommes les rebuts d'une économie de plantation concentrationnaire ; l'arrogant vestige d'une tartufferie légendaire. La parenté qu'il revendique avec la caste dominante d'aïeux homicidaires est pour lui encore une source de valeur. Entre lui et moi croît un fossé inconciliable. Moi, je suis le fils au cœur noir, le bâtard voué à redéfinir les valeurs et à reconquérir sa foi. « The stone that the builder refused shall become the head corner stone. »

— Paname est animé ce soir. Xavier veut se bouger les fesses, faire quelque chose, n'importe quoi plutôt que de sombrer dans le canapé-lit, s'emmurer dans le remue-méninge de pensées tyranniques.

Trépidation. Angoisse. Il a la bougeotte. C'est viscéral. La rue l'appelle. Maniaque, à fleur de peau, il gigote. « C'est quoi son problème ? » s'inquiète Lili confortablement installée devant le téléviseur. Karine Lemarchand est à l'écran. Lili s'identifie. Question de morphologie et de tempérament, peut-être ? Ergoter ne sert à rien ; lui accorder trop d'attention, non plus.

— J'ai une revanche à prendre ! Viens. On va s'amuser un peu, dit-il, tout excité.

Dilemme, « Je résiste ou je l'accompagne ? » Ce soir, Xavier est un animal à l'affût. Un mal le ronge. Si je résiste, on m'enterrera ce soir. Lili ne pose aucune question, enfile ses bottines à contrecœur, sort les manteaux, et signale qu'elle est prête.

Xavier sort une perruque noire d'un tiroir, l'ajuste sur sa tête et esquisse un sourire déjanté. Rien n'étonne plus Lili.

« Quel gros bêta impulsif ! » Elle pouffe de rire. Il ressemble à un Coolie. Il fléchit les genoux, incline le buste en serviteur affable, l'allure efféminée, puis indique le chemin. Dans la rue, il gazouille, plein de lui-même. Lili le suit le sourire aux lèvres à présent. Elle s'attend au pire. Paris offre une large panoplie d'ambiances. La soirée sera chaude.

Portée par une énergie contagieuse, elle lui tire la langue. L'heure de se laisser vivre a sonné. Ça fait longtemps qu'elle n'a pas ainsi fait la folle. Xavier lui tire la main pour activer leur course. La mâchoire crispée, ils parcourent le boulevard à la recherche d'un taxi. Ils sont tous remplis. Xavier semble désespéré. Sur le point d'éclater, il tripote son smartphone.

Il faut au Uber vingt minutes pour arriver à un restaurant dans le Val-de-Marne. Une foule colorée, sur son trente et un, entraîne Lili et Xavier vers le fond d'une salle de réception animée. Elle s'affaire autour d'un buffet appétissant attirée par les fumets de biryani, de tandoori et autres délices de la gastronomie indienne. Lili se demande encore ce que Xavier lui cache. « Pourquoi ne m'a-t-il rien dit ? »

— Sommes-nous vraiment des invités, nous aussi ? Ou bien est-ce une bravade ?

Ils échangent un regard complice, empli de malice. Xavier lui fait un clin d'œil discret.

Dans une ambiance féérique, des femmes en sari, aux mains tatouées au henné se précipitent sur une piste de danse couverte de pétales rouges. Perchés au centre du podium sur deux trônes majestueux encerclés de fleurs, couverts de strass et de paillettes, les mariés se tiennent la main et sourient à l'assemblée.

Une jeune Indienne ravissante, parée de bijoux coûteux, de perles, d'or, et d'un diamant volumineux, assise au côté de l'homme le plus large de l'assemblée, fixe Xavier d'un regard courroucé, incrédule. Son sourire s'est éteint. Elle s'agite. Xavier cafouille, mais ne se dérobe pas. La perruque arrimée sur la tête, il passe pour un Indien à la peau foncée. Quel toupet ! Les parents de la jeune femme l'observent également contrariés, sans broncher. Ils l'ont reconnu.

« Quel incorrigible dézodyè, tu fais ! » crie Lili qui vient de tout comprendre. Elle ricane de bon cœur. « Xavier est un malade. » Elle vient d'en avoir la confirmation. Quelque chose ne va pas, mais ce n'est pas le moment de s'y attarder. L'effervescence du champagne est un catalyseur. Elle ne connaît personne ici. Les sens en éveil, un effort et puis hop, Lili le joint dans sa folie. Ce soir, ils sont briseurs de mariage. La coupe aux lèvres, le liquide blond craquelle dans sa bouche. Lili avale une dernière rasade d'un trait. Une sensation d'euphorie la traverse.

L'heure est à la fête. La sono fait son effet. Elle les transporte dans une transe qu'elle ne sait pas gérer. Lili ne sait pas danser sur ce genre de musique, mais suit quand même le mouvement de Xavier qui se lance dans une chorégraphie endiablée. Dans cette foule exaltée, leur manque d'expérience passe inaperçu. C'est Bollywood sur Marne, comme à la télé. Lili s'accroche, virevolte, et se désintègre. Boute-en-train, elle se donne en spectacle comme elle ne l'a jamais fait ; tourbillonne avant d'atterrir dans les bras de Xavier. Ils s'embrassent à présent à pleine bouche. Et puis c'est le fou rire, incompressible et partagé. Loin de sa vie rangée, Lili s'abandonne, totalement connectée à son malade mental à elle.

Ce soir, il n'y aura aucune règle, seulement l'impératif d'oublier qui on est, et de fondre dans la joie, comme Xavier. Ici, peu importe qui elle est. Elle n'est plus qu'une femme gaie qui danse sur chaque note, sue à grosses gouttes, fredonne à tue-tête un refrain hypnotique composé de mots qu'elle ne comprend pas, Sha ang di li tan. Sha ang di li tan. Toutes dents dehors, ils posent avec des inconnus pour des selfies qu'ils ne verront jamais. Les sourires fusent, les saris se trémoussent sur une musique lascive qui ne veut plus finir. Des accolades s'ensuivent.

Danser ouvre l'appétit. Comme s'il lisait dans ses pensées, Xavier fait signe à Lili de le suivre au buffet. La mariée que la répugnance enlaidit les y attend, un doigt exaspéré pointé dans leur direction. Deux malabars les interceptent et les escortent manu militari vers la sortie. Dans la bousculade, Xavier a perdu sa perruque. Il se débat en vain, hurlant comme un forcené. Lili éclate de rire, heureuse d'avoir osé tenter l'impensable : se dévergonder un peu pour faire plaisir à un fou. Ce soir, il a déteint sur elle. Elle s'en réjouit.

Dans le taxi qui les amène finir la soirée en boîte, Xavier lâche dans l'oreille de Lili : « Ce soir j'ai enterré ma vie d'avant. Mes dossiers sont bouclés. Je suis tout à toi, ma belle. »

ROMUALD

Romuald s'est traîné jusqu'au QG de la police et craint maintenant le pire.

— Bonjour. J'ai été convoqué à la Sûreté du Québec dans le cadre d'une affaire qui a eu lieu au Rendez-Vous des Champions cette semaine.

— Vos papiers s'il vous plaît... Très bien. L'inspecteur Perrin va vous recevoir. S'il vous plaît, prenez place sur le banc là-bas.

— J'ai lu dans le journal que vous avez une infestation de coquerelles. C'est vrai ? Je fais des allergies. Il faut me le dire si c'est le cas.

— Monsieur, prenez place. Tout est sous contrôle. L'inspecteur sera bientôt avec vous.

Le vieux bâtiment de quinze étages pullule de gens armés qui à tout moment pourraient lui ôter sa liberté, sinon sa vie. Dans le grand bâtiment sombre de la rue Parthenais, le quartier Général de la Sûreté du Québec, se trouve aussi une maison d'arrêt qu'on surnomme l'hôtel Parthenais.

Romuald se tient à carreau. L'attente est longue. Il a cherché l'info dans les journaux. L'affaire est sordide. Il a très peur et tient à se disculper le plus rapidement possible. Pas la tête à ça. Je ne la connais même pas, cette femme », se répète-t-il. Un homme rond, mal fagoté, le visage sans expression approche pour lui tendre une main molle.

— Monsieur Romuald Wamen ? Suivez-moi.

Deux heures plus tard, Romuald émerge de la salle d'interrogatoire dépité, une idée fixe en tête, ne plus jamais remettre les pieds dans un commissariat de police. On vient de se jouer de lui. Il ne pourra plus jamais faire confiance à des flics comme ceux-là. Plus qu'un interrogatoire, il a eu droit à de sévères remontrances. L'enquêteur l'a accusé de mille et un faits de mœurs, les uns plus insultants que les autres. Il a haussé le ton et osé lui sortir « Vous avez la mine dans le crayon ! » Une référence à son appétit sexuel. Il changerait de petite amie trop souvent, selon lui.

Romuald a mal digéré qu'il rempile avec « Vous êtes un opportuniste. Vous faites le tapin ou quoi ? » et qu'il l'accuse d'avoir du front tout le tour de la tête pour se permettre de fricoter avec une femme mariée. Et puis quoi encore ? La victime,

Marie Levallois, venait de se séparer d'un mari jaloux.

Plus jamais ça! Outré, il ne peut s'en plaindre à personne. Qui compatirait? Pour le moment, il lui faut déguerpir. Convoqué pour se faire canarder, Romuald n'a pas apprécié la fausse sympathie dont a fait preuve l'inspecteur pour gagner sa confiance. Celui-ci a d'abord fait mine de s'intéresser à lui. Et tout ça pour ensuite déverser son venin de jaloux mesquin, frustré de voir un parisien faire avec les femmes de son pays ce que lui ne peut pas faire?

Le ton a baissé d'un cran quand un homme âgé est entré discrètement dans la salle. Profitant d'une pause, il s'est présenté et a pris la relève : «Des renseignements reçus d'une source anonyme nous ont aidés à faire la lumière sur cette affaire. La chance nous a souri quand un individu prétendant avoir été payé pour prendre la victime en filature a vendu la mèche. Le mari a été coffré. Les indices l'accablent. Il vient de lâcher le morceau. Il a craqué devant la petite culotte sale en lambeaux. Dans ses aveux, le bonhomme a dévoilé que sa femme le chicanait sur son impuissance passagère. Il ne s'est pas fait à l'idée de la séparation. Elle le narguait en agitant la menace de l'infidélité.

Mon collègue s'est un peu amusé avec vous. Rien de bien méchant, monsieur Wamen. Les vidéos de surveillance vous disculpent. Dessus on voit clairement le mari d'un gabarit plus petit que le vôtre, moins musclé, encagoulé dans un passe-montagne, à peine dissimulé dans une rue transversale. Après l'avoir vue à travers la vitrine de l'établissement, il fait le tour jusqu'à l'arrière du bar pour intercepter son épouse dans l'allée. En vous dépassant, il vous a même éclaboussé. Vous êtes libre de partir. Faites attention à vous. »

Romuald s'en va sans demander son reste. « Je m'étais cru perdu, à la merci d'un système corrompu. Je l'ai échappé belle. Et s'il avait fallu épingler ce crime sur quelqu'un coûte que coûte, le premier venu ? N'importe qui aurait pu dire n'importe quoi sur mon compte. N'importe qui aurait fait l'affaire. Tout le monde aurait été content, sauf moi. Et si le mari n'était pas passé aux aveux, n'avait pas eu de remords, et qu'on m'avait accusé moi ? J'aurais fait comment ? Et si l'on m'avait entendu proférer une menace même vide de sens dans le bar ? Sûr, j'avais envie de la tuer, mais je ne l'aurais jamais fait. C'était juste une façon de parler !

Ce soir-là, je me trouvais bien sur le lieu du crime et je connaissais la victime de vue. On avait échangé des boniments, mais personne n'aurait accepté de témoigner en ma faveur. Qui aurait pris le risque de se porter garant de mon innocence ? Personne ne me connaît ici, dans ce pays. Les gens avec lesquels je cuve mon rhum n'ont gardé aucun mouton avec moi. Vive la technologie. Vive les caméras de surveillance. Dieu sait si j'en ai marre de galérer !

Et si ça se reproduisait ? Comment m'en sortirais-je cette fois ? Ça donne à réfléchir. Hum, un congé de plusieurs mois en France me ferait un bien fou. Maman veut m'aider à retrouver ces gens-là. Tentant ! »

Alors qu'il s'engouffre dans la station de métro Papineau, ses pensées l'oppressent. Le pas lourd, dans les dédales de couloirs souterrains, en autopilote, il se dirige vers le quai de la ligne verte. Il n'y a personne ici vers qui il pourrait se tourner, aucun ami à contacter. Relations professionnelles, relations superficielles ! Romuald a peur de se voir rejeté comme un pestiféré, peur de l'incompréhension et du jugement de ses connaissances. Il file un mauvais coton. Sa vie n'est pas en ordre. Replié sur lui-même par instinct de survie, seul en pleine marée humaine. Le regard des autres le saigne à blanc.

Émotions à fleur de peau. Plus qu'une ombre ratatinée, il a perdu sa superbe. Romuald n'est qu'un étranger de plus qui provoque l'indifférence qu'il tient lui-même en horreur. Il préfère rejeter plutôt que de se voir rejeté, en premier. Repli communautaire impossible. Il est seul, identique à lui-même. Un français comme nul autre. Ce soir, il fera communauté avec lui-même et sa bouteille de rhum vieux.

Flâner en plein centre-ville, au quartier des spectacles, de loin le plus animé de Montréal le jour comme la nuit, lui changera les idées. Il doit faire le contraire de ce qu'il veut vraiment, voir du monde, visiter des boutiques, passer le reste de la journée dehors pour ne pas se retrouver seul. Surtout, ne pas se retrouver seul face à lui-même. Même dans la solitude de l'exil, malgré un hiver brutal, il fait bon vivre au Canada. Peut-être arrivera-t-il à oublier la dernière lettre de sa vraie mère :

« À la naissance, tu entrais facilement dans une boîte à chaussures. Né à sept mois, personne ne pensait que tu survivrais. Les infirmières ont beaucoup prié pour ton rétablissement. J'étais désespérée. Un sentiment de culpabilité me serrait à la gorge. J'agonisais. À trente ans, seule, abandonnée, j'étais une épave dans une mer déchaînée. Je touchais les bas-fonds. Je mourais de honte, par ma faute, mon nouveau-né en soins intensifs était connecté à un moniteur pour son cœur, et à un autre pour sa respiration. Le docteur t'administrait des petites doses de méthadone pour un sevrage en douceur. J'aurais donné ma vie pour protéger la tienne.

Hyperactif, facilement effrayé, tu tremblais de façon compulsive. Tu souffrais d'un sommeil irrégulier, pesais peu, et refusais de t'alimenter. Je ne désirais qu'une chose, t'offrir une vie meilleure, digne de ce nom ; mais moi-même, je ne savais pas vivre. C'était au-dessus de mes forces.

Une infirmière peinée comme je l'étais, pleine de sollicitude devant mon désarroi, m'a fait une proposition que je ne pouvais refuser. Elle voulait t'adopter. Elle t'aimait depuis qu'elle t'avait vu dans la couveuse et désirait devenir ta maman. Je me suis sentie tiraillée, indigne. Nous nous sommes mises d'accord. Renoncer à toi pour ton bien fut un sacrifice énorme, une réelle preuve d'amour à mes yeux. Mon bien-être dans tout cela passait après le tien. Comprends-le, tu as commencé ta vie désirée par deux femmes. »

Assis sur le siège froid du métro, la face trempée de larmes, devant des usagers confus, Romuald lève la tête et déclare solennellement, à voix haute :

« Je suis la création d'un monstre d'humanité. »

XAVIER ET LILI

Installés à la table d'un café du Quartier latin, Xavier et Lili observent les promeneurs endimanchés et les touristes qui font le bonheur des commerçants. Noël approche.

— On peut rester encore un peu ? La météo s'est trompée. Il fait moins froid que prévu. Les rues grouillent de monde. Tiens, avant que j'oublie. Avant mon départ, j'aimerais t'inviter au resto avec ta voisine.

— Pourquoi elle ? Je croyais que tu ne la blairais pas !

— C'est une amie à toi, non ? La plus proche, si je comprends bien ?

— Une amie, oui, mais la plus proche, non. Disons, assez proche. Brigitte chez qui nous sommes invités pour le Réveillon est plus proche encore. Que se passe-t-il ?

— T'as raison. Je ne la supporte pas. J'aimerais connaître ma rivale, c'est tout.

— Elle ne sera jamais ta rivale. Je l'aime bien, sans plus. Y a longtemps, on a décidé qu'il n'y aurait jamais rien entre nous.

— Invite-la, s'il te plaît. Il ne nous reste que deux semaines.

— Je ne comprends pas trop ce délire, mais si tu insistes.

« Le visage de Lili se crispe quand elle parle de Déborah. Son regard s'emplit de malice. Que manigance-t-elle ? Que ferait-elle si elle apprenait la vérité ? Le risque est trop grand. Pourrait-elle tolérer une amitié qu'elle ne comprendrait pas ? Imaginerait-elle le pire ? Il faudra une parade. »

— Tu sais que t'es ravissante, Lili ?

— Ah bon ? C'est donc pour ça que, depuis toute petite, je subis les psst par ci, et les psst par-là ? C'est désespérant.

— Tu fais comment avec tes patients ?

— J'ai toujours un flacon d'éther avec moi.

— Comprends pas !

— Appliqué à l'aide d'un chiffon sur leur virilité, ça calme les ardeurs.

— C'est toxique et inflammable, ce truc-là, non ?

— Tu préfèrerais que je les laisse me peloter ?

— Bien sûr que non. Tu fais comment pour t'absenter aussi longtemps de ton cabinet ?

— Nous tournons à trois, maintenant. J'ai confiance en mes collaboratrices.

J'perds un peu d'argent, mais c'est pas grave.

— Tu m'en vois désolé.

— Mes priorités sont en ordre. J'investis en nous.

— Qu'est-ce qui t'a poussée à te mettre à ton compte ?

— Le manque de reconnaissance. Le salaire assez modeste que je gagnais, après coup. Je gagne bien plus maintenant ! L'autonomie. J'ai le sentiment d'être plus proche des patients ; plus respectée aussi. Je travaille comme je veux, avec qui je veux. Davantage, parfois jusqu'à soixante heures par semaine. Mais j'ai gagné en satisfaction, aussi.

— Donc, ta motivation c'est le fric ?

— Euh, en troisième plan seulement. L'indépendance d'abord. La qualité des soins ensuite. Et puis la rémunération. La vie est loin d'être rose en libéral. Paperasse à n'en plus finir. Pas évident de se faire remplacer pour partir en vacances. Cette fois-ci, j'ai eu de la chance. Au tout début, ma motivation était de mettre fin au harcèlement des cadres, des médecins, et des patients. Tout le monde considérait cela comme plus ou moins normal. Un des inconvénients du métier.

— C'était si grave ?

— Oui, très ! Ensuite, je voulais remettre l'humain dans le soin. Je me suis occupée de ma mère après le décès de mon père. Cela a été déterminant. Elle a fait une dépression.

— J'aurais pas dû demander. Désolé.

— Y a pas de quoi. Ça m'fait du bien d'en parler. — Euh... ça représente quoi pour toi bosser pour toi-même ?

— L'autonomie, l'indépendance, la responsabilité, la dignité. J'veux me développer, pousser mes limites, apprendre à pêcher par moi-même. Je suis fière de ce que j'accomplis. Le travail c'est la guerre !

— Que veux-tu dire par là ?

— Il faut être débrouillard, pòté manèv comme on dit en créole. Mettre le paquet, garder les pieds à l'étrier. Établir une stratégie pour gagner. Prendre des initiatives, se distinguer. La compétition est rude. Le terrain est miné.

— J'imagine que ça ne s'arrête jamais lorsqu'on travaille pour soi.

— Éviter la dèche ; déjouer les coups bas.

— C'est partout. Parle-moi donc des saboteurs, des rapporteurs, des moulins à potins, des voleurs de mérite. Ma fac croule sous cette mauvaise herbe-là, poursuit Xavier en baissant les yeux. Au début, la confiance me manquait, je me suis mis hors-jeu. Trop de déférence envers mes collègues. Le respect aurait suffi. Je recherchais leur validation. Une dépendance morale s'est installée. Trop prévenant, je les ai autorisés à croire que j'allais être leur laquais. Après, c'était fichu ! Ils m'ont pris pour la bonne. Je traîne cette tare depuis l'enfance !

— Tu souffrais donc d'un complexe d'infériorité ? D'une mentalité de sous-fifre ? C'est un investissement qui ne rapporte rien. Un piège, une vulnérabilité énorme. S'affirmer, et savoir mettre le holà est d'une importance capitale.

— Oui, on a toujours tort de faire les autres passer avant soi, et de leur céder notre pouvoir. Si c'est pas un réflexe, tout va encore.

— Pour bosser à son compte, il faut avoir de l'audace, du toupet, une certaine confiance en soi, et la rage de vivre debout, pas prosterné.

— J'adhère ! Quand nos complexes nous poussent à nier l'évidence même, on se crée des problèmes d'identité, de faux problèmes, en fait. Au fond, on sait toujours qui l'on est. Le problème est qu'on ne l'accepte pas forcément !

— Oui. Le vrai problème est souvent le manque de confiance en soi. Il déclenche la peur. Quand on ne se voit pas comme le champion dans notre propre histoire, on souffre. Personne ne descendra du ciel pour nous aider. L'idée de travailler pour soi-même me fascine.

De retour à l'appartement, Lili ne pouvait s'empêcher d'observer et de poser le regard sur tous les objets qui l'entouraient. Elle cherchait à ancrer sa mémoire dans l'espace, consciente du peu de temps qu'il lui restait à passer en France avec Xavier.

— Tiens, je n'ai pas pu m'empêcher de jeter un œil sur les papiers sur le bureau. Je m'suis bien marrée. Pourquoi écris-tu ?

— Pour ne pas oublier. Pour expier mes péchés. Les raisons sont multiples. Me projeter dans une vie meilleure. Exercer ma liberté fondamentale. J'écris parce que je peux. Vivre, pour moi, c'est écrire. Je n'ai pas vraiment le choix !

— Qui sont ces gens dans la photo sur ton frigo ?

— Ce sont mes potes.

— C'est la voisine que je vois au milieu ?

— Oui. On a étudié et on bossait ensemble autrefois. C'est elle qui m'a dégotté cet appart.

— Et la grande femme avec un bras autour de ton cou ?

— C'est Brigitte, la sœur martiniquaise chez qui on passe le réveillon. Elle voudrait faire ta connaissance.

— Euh. OK. Il y en a d'autres comme ça ? Des voisines peut-être, dont tu te sens proche ?

— Non, pas vraiment. Les autres voisins de palier sont des pakistanais, des gens taciturnes, assez bizarres.

— Bizarres, comment ?

— Ben, ils font tout pour éviter le contact. Le père est tranquille. Il me parle quand on se croise. La maman et les filles, elles, évitent mon regard. Elles baissent les yeux quand elles me voient. Le garçon est navrant.

— Ils sont musulmans ?

— Certainement, à en juger par leurs habits. Il y a trois mois, je rentre de Guadeloupe, et retrouve un paquet chez le concierge. Il ne m'était pas destiné, mais comportait mon adresse. Le nom dessus m'a fait penser aux pseudos que les ados utilisent sur les sites de jeu. Dedans, il y avait une pipe électronique. J'imagine que le petit d'à côté a pensé qu'il pouvait se la faire livrer chez moi. Il ne l'aura jamais sa pipe !

— Tu veux le protéger ?

— Parfaitement.

— Tu parles comme un papa poule.

— Avec des hanches comme les tiennes, je le deviendrai probablement un jour !

— Bon à savoir. Monsieur kiffe mes formes.

Lili se réjouit et lui lance un sourire éclatant. «Même dans ses boutades, je figure dans son avenir comme la future mère de ses bambins?» L'échange lui remet en mémoire sa défunte sœur, Virginie. Son regard s'immobilise. Lili aurait préféré expier la peine tenace du souvenir.

— Tiens, tu m'as fait penser à ma grande sœur. Un peu vaine, à croquer avec ses fossettes, absolument ravissante, avec son point de beauté sur le menton, ses courbes démentes, et son air de diva, elle attirait toutes les convoitises. Les gars rêvaient d'elle et elle se moquait de leurs yeux doux. Sans intérêt prononcé pour les garçons, Virginie se contentait de plaire.

Édouard, un petit couillon du lycée s'acharnait à lui faire la cour et se prenait des râteaux chaque jour. Boc sur boc. Ringard, il révisait son français avant de s'adresser à elle. Je détestais ce garçon prétentieux. Il n'avait d'yeux que pour ma sœur. Elle ne le piffrait même pas. Jamais rien ne se passerait entre eux, elle disait. Il feignait ne rien comprendre à ce qu'elle lui disait et s'obstinait. On se moquait de lui ouvertement, et il jurait qu'il se vengerait un jour de nos railleries.

Avant de s'abandonner à un homme, Virginie avait des choses à accomplir. Elle souhaitait, entre autres, poursuivre des études. Le connard ne le voyait pas de cet œil-là. Apprécié des adultes, feignant maturité et supériorité, il s'était attiré les bonnes grâces de nos parents qui n'y ont vu que du feu. Il faut dire qu'il avait de la suite dans les idées. Charmant, et sérieux, par des attentions calculées, il s'est fait une petite place dans leur estime. Les bergers insouciants ont fait entrer le loup dans la bergerie par la grande porte. Je te passe les détails. Suffira-t-il de dire qu'il a fini par dévoyer mon aînée. C'est ainsi qu'il a pris sa revanche, le filou. À notre surprise, plusieurs mois plus tard, du jour au lendemain, il cessa de venir à la maison. Virginie passait ses journées, enfermée dans sa chambre, à pleurer. Personne ne pouvait la raisonner. Il fallait la laisser avec son lenbé (tourment d'amour). Ça passera, disait maman. Ses larmes s'assécheront tôt ou tard. Elle avait tort. Virginie sombra dans la dépression et, peu de temps après, au bout du rouleau, elle se donna la mort.

Nous retrouvâmes une missive dans laquelle elle expliquait qu'elle avait trop honte et n'assumait pas sa grossesse. On n'y avait vu que du feu. Qui aurait cru ça? Les parents ont blâmé leur poulain puis se sont blâmés mutuellement. Mon père était plus touché que tout le monde. Il avait encouragé sa fille à donner sa chance au garçon avec comme seuls arguments, il est bien élevé et vient d'une bonne famille. Il sombra à son tour dans une profonde dépression.

Moi, quand j'ai perdu ma sœur, j'ai perdu mes repères. En vérité, depuis, j'ai peur de finir comme eux. C'est pour éviter ça que j'ai besoin de ton amour inconditionnel. Ma grande sœur hante encore ma vie. Elle guide mes pas, et influence mes comportements. Toi et lui, rien à voir. Mais parfois, tu m'inquiètes, Xavier !

La route ne sera pas longue. Xavier roule doucement dans un épais brouillard. Le ciel est lourd. Il fait toujours calme avant la tempête. Contents de quitter le huis clos de Picpus, Lili et Xavier se rendent à Melun pour le week-end, loin de la métropole engorgée, dominée par la grisaille. Lili y a une tante, un oncle, et des cousins. Leurs enfants ont passé leurs vies entières en région parisienne, alors que les parents, venus pour travailler, s'y étaient installés avec l'idée du retour. Depuis, ils y ont renoncé.

Une troisième génération de Franciliens est venue agrandir la famille Dorcy. Plus question de chambouler les habitudes ou de remettre les pieds sous les tropiques de façon définitive. Lili épilogue. Ils ne comprennent plus le fonctionnement des gens là-bas. Le sourire en coin, elle se remémore son enfance. « Même s'ils baragouinent encore le créole pour se donner un genre, les Afropéens qu'ils sont devenus ont raison de rester plantés là où ils sont. Tu ne connais pas ma famille. Ils râleraient tous les jours de la sainte semaine et monteraient l'île tout entière contre eux. »

La jungle de béton fait place à la nature, le décor urbain au décor champêtre ; l'herbe prend le dessus et, par endroits, dense, sauvage, ou policée, c'est la forêt qui s'étend majestueuse à perte de vue. Partout, toujours et encore ce vert foudroyant qui domine la région. Xavier ne sait pas exactement où il va. Il conduit pour faire plaisir à Lili. Il ne connaît pas Melun.

La conduite lui procure un plaisir vif. Derrière le volant, il se sent puissant. Il y a de quoi, la direction est souple et tonique à la fois. La voiture de location, une Audi Q7, sent le neuf. Leste, haut de gamme, à l'apparence chic, le SUV en impose et prend de la place sur la route. Ils feront une entrée remarquée.

Le GPS les amène dans un quartier pavillonnaire, pile-poil devant une villa dressée sur un terrain clos à deux pas du centre-ville. « Attention chient méchant », Xavier se raidit devant la plaque. D'un air craintif, Lili active la sonnerie. Un colosse à la carrure de lutteur apparaît dans l'encadrement de la porte. Lili s'égaye. Le septuagénaire plisse les yeux pour mieux voir. Xavier esquisse un sourire nerveux, des yeux, il cherche le chien méchant. Derrière le colosse, une voix chevrotante, celle de sa femme, sans aucun doute. « Qui est là ? »

— C'est qui ? répète-t-elle.

— Ah. C'est ta nièce préférée. Mademoiselle « Je m'en-fous ». Elle est avec un grand bonhomme noir.

— Bonjour tonton, grogne Lili à voix basse avant de lui faire la bise.

Aucun sourire n'humanise le faciès de son oncle, aucune parole réconfortante non plus ne vient détendre une atmosphère rendue lourde par le sobriquet et le ton déplaisant dont il a fait usage. L'œil coquin, l'homme empoigne la main ferme que lui tend Xavier. Il la serre fort, lui fait mal et l'invite à entrer. Pas question de grincer des dents devant ce vieil homme. La porte se referme. Où est le chien ? Xavier avance à petits pas poussifs dans un vestibule mal éclairé.

Il a l'impression de voir Lili pour la toute première fois. Avec sa famille, elle change du tout au tout pour devenir une personne effacée, presque soumise devant l'autorité. Tout se passera bien s'il lui fait confiance. Elle a insisté pour rendre visite au frère aîné de son père. Sa tante lui manquait. Cinq années déjà qu'ils ne se sont pas vus. L'oncle compassé traîne des babouches bruyantes sur un sol ciré. Il indique d'une moue le chemin à prendre au bout d'une pièce spacieuse vers une dame ratatinée dans un fauteuil roulant.

Le salon cossu, bourgeois, à la déco classique, est adapté aux besoins de personnes à la mobilité réduite. Tout est à portée de main, ni trop haut ni trop bas. Un agencement ouvert, parquet de Versailles, hauts plafonds, grandes fenêtres d'où une lumière naturelle abondante filtre, crée un effet somptueux et une sensation de confort. Les tons sont neutres. À l'arrière, un jardin aménagé visible par une baie vitrée complète le beau panorama.

— Tout a été rénové ici, tatie ?

— Oui, ma petite. C'est un cadeau de tes cousins. Comment vas-tu très chère ?

Lili se penche pour prendre la dame dans ses bras et l'embrasser très fort. Le sourire prêt, Xavier lui tend la main. Monsieur Dorcy les dévisage sans sympathie. Il ressemble à un illuminé. Mal à l'aise, Xavier ne bronche pas. Tant qu'on ne lui adresse pas la parole, il n'ouvrira pas la bouche.

— Vous êtes qui, vous ? Sé ki moun fanmi a'w ? (De quelle famille venez-vous ?)

— Je m'appelle Xavier Sodonis, Monsieur.

— Sodonis, Sodonis ? Non, ça ne me dit rien. Et vous êtes quoi, un copain, le sugar daddy, ou le fiancé ?

— Euh... Xavier hésite. Il s'attendait à plus de délicatesse.

— Mon futur mari, tonton, s'exclame Lili, le visage écarlate.

— Ah, eh ben, si c'est ça, installez-vous. Soyez le bienvenu. On n'aime pas les entourloupes ici, fait remarquer Monsieur Dorcy qui s'en va dans la cuisine avec entrain chercher des amuse-gueules et des rafraîchissements.

— Mon oncle ne me connaît pas bien. Il se fait des idées sur moi, murmure Lili.

Xavier hoche la tête. Il a bien compris. « Ce vieux monsieur m'agace. Quelle condescendance ! Il me prend pour de la racaille, pour un boloko. » Sur ses gardes, pour se calmer, Xavier inspire profondément, suit Lili au salon comme elle lui indique de faire, s'installe et croise les jambes. Ces deux jours à Melun ne seront pas une sinécure. Il se tourne vers Lili et chuchote :

— Un tac psychorigide, ton oncle. C'est rebutant quand même, non ?

— T'as tout compris. Mais, ne t'y trompe pas, c'est une façade. Même s'il me prend pour une traînée, sous sa cuirasse, mon imbécile d'oncle cache un cœur tendre. Je t'expliquerai plus tard. Chut, il revient.

Monsieur Dorcy dépose un plateau sur la table basse, reste debout et puis entame :

— Malgré son nouvel appareil, ta vieille tante a du mal à entendre. Il faut lui parler fort. Je crois qu'elle perd aussi la tête. Enfin, elle entend ce qui l'arrange, quand et si ça l'arrange. Pratiquement personne ne vient plus nous rendre visite. C'est épuisant pour eux, j'imagine. Ceux qui passent encore, le font plus par curiosité qu'autre chose. Pour voir comment on tient le coup. Les enfants, eux, passent toujours en coup de vent. Surtout pour saluer leur maman, les saligauds. Après tout ce que j'ai fait pour eux. Ils n'ont que des reproches à me faire, aucune reconnaissance. Quelle bande d'ingrats. Si j'avais su... Bon. C'est la vie ! Vous avez faim j'espère. Ta tante a préparé des dombrés et des pois rouges avec des queues de cochon. Ça n'arrive pas souvent. On va se régaler !

— Elle n'aurait pas dû se donner tout ce mal. C'est gentil.

— Ça vous manque, Monsieur ?

— Un peu. Ça me rappelle le pays. Mais vous savez, on trouve des restaurants antillais ici aussi. Bon. Minute. Je la rapproche, je l'installe au salon et puis je fais le service.

Monsieur Dorcy rapproche le fauteuil roulant. Ses gestes sont lents et mesurés, presque délicats. Le visage tourmenté de la vieille dame se déride progressivement.

Elle entend mieux ce qui se dit. Tout chez elle exprime la nostalgie. Quand elle pose les yeux sur Lili, son amertume s'estompe pour faire place à un éclat de joie. Lili rayonne en se penchant pour prendre ses mains dans les siennes. À les voir ainsi, Xavier constate que les deux femmes s'adorent. Dans sa jeunesse, elle a dû être ravissante, songe-t-il. Il n'y aurait donc que des belles femmes dans cette famille ? Monsieur Dorcy aide son épouse à se mettre debout. Ses jambes sont frêles. Elle passe du fauteuil roulant au canapé. Maintenant, il fait le service.

— Allez, un whisky ou un ti punch ?

Tout le monde trinque. Après quelques rasades :

— Comment trouvez-vous ce whisky, jeune homme ?

— Il est tranchant, charpenté, et sec, Monsieur.

— Bravo, ma fille. Tu nous as ramené un connaisseur. On va s'entendre vous et moi. Vous allez voir ! C'est un single malt de l'île d'Islay en Écosse. Un whisky sans son pareil. Trinquons cette fois en votre honneur et en l'honneur de toutes les taties et tontons de ce monde. Priez pour nous pauvres pécheurs. Amen. Au fait, jeune homme, que faites-vous dans la vie ?

— Je suis prof en informatique, Monsieur.

— Ah, donc un donneur de leçons.

Un trémolo dans la voix Madame Dorcy prend la parole.

— Ne faites pas attention à ce vieux bouc, monsieur. Ça fait trois jours qu'il boude. Le décès de son meilleur ami l'a traumatisé.

— Après une longue maladie, ce crétin égoïste que j'appelais mon ami a tiré sa révérence. Je lui en veux beaucoup. En effet, je suis d'une humeur massacrante ces temps-ci. Je ne supporte pas la contrariété et j'ai sale caractère. Mes enfants me le disent tout le temps. Je suis un vieil ingénieur orgueilleux, certain d'avoir tout le temps raison. Je vous demande pardon, les jeunes.

— Ce n'est pas grave, tonton. Je suis contente de te revoir.

Lili prend sa main dans la sienne. Confus, le vieil homme baisse les yeux et, pour la première fois prend un air vulnérable. Qui croit-il tromper ?

Une éternité s'écoule. La vieille dame, Lili, et son tonton se mettent à échanger des nouvelles de leurs proches sur un air de persiflage. C'est la fête au village. Tout le monde y passe. Personne n'est oublié. En pagaille, ils ressassent un passé qui mystifie Xavier. Un fou rire s'empare d'eux. À l'écart, se sentant de trop, Xavier garde ses distances. On ne le calcule pas. Il s'ennuie et ne comprend rien de ce qui s'échange. Les rires fusent encore, tout le monde s'amuse, sauf lui. Il sourit niaisement à l'occasion et sirote le whisky qu'on lui tend.

Xavier a fait le choix de se taire. Devant des gens terre à terre, c'est encore ce qu'il y a de mieux à faire. Il songe aux amis qu'il veut aller voir à Paris. « Ou je me casse et lui laisse sa nièce, ou je respire profondément et me calme pour ne pas effaroucher le bourgeois ? » Son esprit le transporte ailleurs. Il promène un doigt agacé sur la face vitrée de son smartphone à la recherche de messages qui n'arrivent pas. Dans le coup d'œil furtif qu'elle lui jette, il devine l'affolement de Lili.

— Ça ne se fait pas ! murmure-t-elle encore, comme si elle avait peur.

« Ah bon, » pense-t-il, et sans rien dire.

Étranger à leur intimité, aujourd'hui, les proches de Lili ne feront aucun cas de lui. Ils ne le tolèrent que parce qu'il accompagne leur nièce. Il devra faire ses preuves, montrer qu'il est sérieux et que lui aussi, il investit dans la durée. L'oncle se tourne vers Xavier, il vient de se rappeler d'une chose importante.

— Au fait, où comptez-vous dormir ce soir ? Lili est une parente, elle peut rester, bien sûr, mais vous, dans quel hôtel avez-vous réservé une chambre ? Ici, ce n'est pas un bordel, vous savez ?

C'est plus fort que lui. Son front se fronce sur le coup. « Mais qui est ce goujat ? On en fait encore des comme ça ? Qu'est-ce que je fiche encore là à me faire insulter de la sorte ? » Une piqûre de vanité vient de rappeler à Xavier la promesse qu'il s'était faite en quittant la maison de son père : jamais plus autoriser personne à le dénigrer.

Le choc est insupportable. Replongé dans un passé dont il n'a cure, la question lui fait l'effet d'une gifle. Un démon s'évertue à verser de l'urine sur ses plaies. Encore une fois, il veut tuer le père symboliquement pour s'affranchir du mal. Xavier fait mine de se lever puis se ravise :

— Vous avez raison cher père la pudeur. Saint patron de l'érection. Que dis-je ? De la rectitude. Je m'en vais de ce pas trouver un lieu hospitalier et vous laisse à votre pestilentiel moralisme. Lili très chère, vous avez mon portable. Faites-moi signe quand vous êtes prête. Je viendrai vous récupérer.

— Attends. Je pars avec toi, doudou.

Lili se précipite à la suite de Xavier à grandes enjambées sans prendre la peine de s'excuser. Madame Dorcy s'esclaffe dévoilant son dentier. Ça fait longtemps qu'elle ne s'est amusée de la sorte. Elle rougit et fait dédé de la main. Pantois, les yeux écarquillés, la mâchoire grande ouverte, Monsieur Dorcy se lève enfin. Impuissant, feignant de ne rien comprendre, il regarde ses invités partir. Les portes claquent, la voiture vrombit et s'éloigne en trombe laissant dans son sillage une traînée de rires nerveux.

— T'es pas fâchée ?

— J'ai embrassé ma tante. C'est tout ce qui compte. Elle comprendra. Mon oncle est un réactionnaire incorrigible. Pour tout ce qu'il lui a déjà fait subir, il y a longtemps qu'elle l'aurait quitté si elle avait pu. Moi, j'ai le choix.

Tout s'est déroulé très vite. Médusé par son espièglerie, Xavier observe Lili du coin de l'œil, incrédule. Il ne connaissait pas cette version-là. Où est passée la jeune femme rangée, presque timorée d'il y a quelques heures ? Irrévérencieuse comme lui, elle l'égale maintenant en audace et en désinvolture. C'est top !

Ils rentreront plus tôt que prévu après avoir fait un détour par un restaurant antillais de Melun. Le volant dans une main, le smartphone dans l'autre, Xavier compose un numéro. Cela n'arrive pas souvent, il est maintenant d'une humeur massacrante et n'a plus envie de rendre visite à personne. L'amitié se respecte, on ne déverse pas sa bile sur ses amis.

— Pourquoi ton oncle te prend-il pour une traînée ?

— Il m'a trouvée une fois avec un gars à la maison dans une posture embarrassante. À l'époque, j'amenais mes potes chez mes parents après les cours. On s'éclatait entre trois heures et cinq heures de l'après-midi, avant que les parents ne rentrent du bureau. On se faisait des jeux vidéo ou bien on papotait.

Un jour, j'ai invité un petit nouveau timide à se joindre à nous. Il semblait assez cool avec sa frimousse de Poil de Carotte, et puis les embrouilles ont commencé. Au premier abord, il avait le contact facile, mais son comportement a vite changé. Plutôt rêveur et renfrogné, un peu impulsif sur les bords, il a commencé à craindre grave. On m'avait prévenue, mais le garçon manqué que j'étais ne voyait le mal nulle part. Je maîtrisais la situation et m'étais convaincue qu'il n'y avait aucun danger. Il n'était rien d'autre qu'un original, un peu flippant, mais somme toute, assez sympa.

Seules les copines avaient le droit de s'attarder chez moi au retour des parents. Elles m'aidaient à remettre de l'ordre dans l'appart et savaient créer l'illusion du front studieux dont les vieux raffolaient. De vraies fayottes. Je pouvais toujours compter sur elles.

Ce jour-là, après la remise des bulletins trimestriels, plus calmes que d'habitude, peut-être même un peu tristounets, mes amis débarquèrent chez moi comme à l'accoutumée. Cherchant clairement un contact avec moi, Poil de Carotte se démarqua du lot. Je le trouvais collant et ne comprenais pas ce qu'il voulait. Il me saoulait. Cherchait-il à me faire entendre tout le bien qu'il pensait de moi ? Peut-être ? Il me suivait comme un toutou d'une pièce à l'autre, se mêlait aux discussions des filles, et chantait mes louanges à tue-tête. Décelant mon ras-le-bol, une copine explosa :

— Hey, la ventouse. Tu nous donnes les chocottes. Va plutôt rejoindre les mecs au salon, va !

Humilié, la tête basse, Poil de Carotte sortit de la chambre. Nous étions persuadées que mort de honte, il avait carrément quitté l'appartement. Quelques minutes plus tard, le chant du coucou de la pendule du salon marquait l'heure du départ pour mes invités. Je fermai la porte à double tour convaincue d'être enfin seule chez moi. Un magazine à la main, je m'allongeai sur mon lit.

Un bruit sourd me fit sursauter. Il provenait des toilettes. La porte s'ouvrit brusquement. Poil de carotte me fonçait dessus, nu comme un ver, la verge dressée. Prise de panique, je lui assénai un coup brutal sur la tempe de toutes mes forces et l'assommai sur le coup. Je courus chercher le téléphone pour appeler mon père qui à son tour appela la police et ensuite son frère aîné.

Plus proche de l'appartement, mon oncle rapplique au triple galop avec son double des clefs. Il me retrouve morte de trouille, appuyée contre un mur, armée d'un manche à balai, debout au-dessus du corps nu d'un aspirant macchabée étalé sur le plancher. Mon oncle n'a jamais accepté que rien n'eût été de ma faute. « Qu'est-ce que ce type fait là ? » Il n'avait que cette question à la bouche. « Qu'est-ce qu'il fait là ? » en français, en créole. « Ka i ka fè la ? ».

Impossible de lui faire comprendre quoi que ce soit. Il me prenait pour une allumeuse, donc, j'ai refusé d'essayer de satisfaire sa fausse curiosité pour lui crier en pleine face : « Je m'en fous de ce que tu penses de moi. » Depuis, il m'appelle, « Je m'en fous. »

— Tu avais quel âge, alors ?

— Ça remonte. À l'époque quinze ans, je crois !

« Dans quelle comédie dramatique suis-je venu me fourrer ? » Mystifié, une fois de plus, Xavier ne savait plus où donner de la tête. « Incroyable. Et elle croit dur comme fer qu'elle n'y était pour rien. Il m'en reste des choses à découvrir sur le compte de mademoiselle Lili « Je m'en fous », en fait. Ce n'est pourtant pas faute d'avoir essayé. Comment a-t-elle pu éluder mes questions les plus incisives jusqu'ici, et si habilement en plus ? En fait, je ne sais rien sur son compte. Je sais juste qu'elle est ravissante, d'origine guadeloupéenne, et maintenant j'apprends qu'elle est née et a grandi en France. J'aurais dû m'en douter. Ceci explique cela. Son accent me balade entre le titi parisien et l'accent chantant de Pointe-à-Pitre, et moi qui croyais qu'elle diésait ! »

Déterminé à redonner à leurs échanges un peu de légèreté, Xavier amène Lili au Musée du Louvre pour lui remplir les yeux de beautés et de grâce, détendre l'atmosphère et l'obnubiler grâce à l'art. Le moment est magique, il leur rappelle que faire attention au bon et au beau rend la vie plus que supportable, sinon agréable. Bercée par un audio guide et le plaisir des sens, elle ne se rend pas compte du défilé des heures. Xavier consulte sa montre. Impossible de tout voir en une seule journée, il y a bien trop de salles.

Il chuchote dans l'oreille de Lili puis s'éloigne sans attendre de réponse. Sous la pyramide, au cœur du musée, appuyé contre un pan de mur en bois, Bob l'attend au Starbucks. Il sirote un cappuccino.

— Merci de venir à ma rencontre dans un délai aussi bref. Je sais que t'es occupé avec ta belle, mais il fallait qu'on se voie, toi et moi.

— Oui. J'ai des choses à te dire aussi.

— J'ai appris la semaine dernière qu'il y a quelques temps, quand mes gars menaient la surveillance d'une mule pour remonter à la source, subitement t'es apparu de nulle part. Il a fallu qu'ils me fassent voir leurs photos lors d'un debriefing pour que je te repère. Ç'aurait pu être une coïncidence, mais il est vite devenu clair que toi aussi tu menais ta petite enquête. J'ai les photos, pas la peine de nier. Qui t'a demandé de faire ça ?

— Je n'allais rien nier, Bob. Je sais, j'ai déconné. J'suis vraiment désolé. J'ai pensé que si j'arrivais à obtenir les réponses qui nous manquent, j'aurais pu débloquer la situation.

— Et si la cible t'avait repéré, t'aurais fait quoi ? Sait-on même si personne n'est sur tes traces ? T'aurais pu lui mettre la puce à l'oreille par ton amateurisme, faire capoter des mois de travail. Et si mes gars qui ne te connaissent pas avaient décidé de s'en prendre à toi ? Tu as agi comme un inconscient. Ton arrogance est devenue un fardeau, Xavier. Je t'avais simplement demandé de traquer les opérations des bad guys sur le Net, et rien de plus.

— Y'a rien sur la toile. Ces gens-là sont hyper vigilants. Il faut aller sur le terrain pour voir les choses. Ils ne prennent aucun risque, ne laissent rien transparaître. J'ai voulu être plus réactif.

— Plus réactif, my ass ! T'es pas payé pour être réactif, moron, mais pour obéir aux ordres. C'est pas la première fois que nous avons cette conversation, mais c'est bien la dernière. Il y a autre chose ! Ta copine s'appelle bien Liliane Dorcy ?

— Oui. Qu'est-ce qu'elle vient faire là-dedans ?

— T'as ignoré mes mises en garde et mes instructions, eh ben, tant pis pour toi. Tu l'auras cherché. Pour mitiger les risques, notre procédure exige que nous soumettions à un examen minutieux les noms des personnes avec lesquelles nos agents entretiennent des rapports assidus. Je ne vais pas y aller par quatre chemins avec toi. Tu as installé une femme qui travaille pour les Renseignements Généraux dans ton intimité. C'est un « no, no ».

— Quoi ? C'est pas possible ! Elle est infirmière libérale.

— J'ai la confirmation formelle qu'une Liliane Dorcy qui vit en Guadeloupe travaille pour les Renseignements Généraux.

— Impossible !

— Je ne peux plus te couvrir, mon gars. Ton insubordination ne nous laisse aucun choix. Nous nous séparons de toi, effective immediately.

— Bob. T'es sérieux, là ?

— On ne pourra plus bosser ensemble, Xavier. Désolé. T'as une semaine pour me remettre le matériel. Au plus tard, mardi prochain à dix-huit heures. Voici l'adresse. On fera l'inventaire ensemble. Fais gaffe à ne rien lâcher. Notre pouvoir de nuisance est plus grand que le tien. Moi, je bénéficie de l'immunité diplomatique. Tu ne peux rien contre moi ! Toi, c'est la taule qui t'attend, si tu parles. D'où tu sors que t'as le droit de n'en faire qu'à ta tête ? Tu crois qu'on s'amuse ? Il s'agit de sécurité nationale, p'tit con, pas de ta personne. You're a wild card, man. Au fait, tu voulais me dire quoi ?

— Oublie. Ça n'a plus aucune importance. Je préfère tout te ramener ce soir même. Tu seras là ?

Rien n'avait plus d'importance. Une belle journée venait de partir en sucette ! Sur le chemin du retour, Xavier questionna Lili.

— Aujourd'hui, on ne dit plus Renseignement Généraux ; on dit DCRI, on parle de la Direction Centrale du Renseignement Intérieur. Pourquoi t'excites-tu comme ça après moi, je croyais que tout allait bien entre nous ? Les renseignements qu'ils recherchent concernent les mouvements de protestations. De quoi as-tu peur ? Tu comptes renverser le gouvernement, mener une révolution armée ?

— Ne fais pas ta nunuche. Tu comprends très bien de quoi je veux parler. Tu ne m'as pas dit la vérité. Réponds-moi quand je te pose une question.

— Oui, fut un temps, j'ai bien été fonctionnaire. Ben, ça, tu le savais ! Ai-je besoin d'être spécifique et de mentionner tous les services pour lesquels j'ai bossé ? Tu m'inquiètes, enfin ! Qu'as-tu à me reprocher ? Ou serait-ce toi-même qui aurait quelque chose à te reprocher ?

— Ne me provoque pas.

— Xavier, tu gâches tout. La journée a si bien commencé, tu lui donnes une tournure insupportable. Je ne te comprends pas. J'ai bien commencé ma carrière d'infirmière au sein des hôpitaux des armées. Soutenir l'équipe de renfort militaire en Guadeloupe fut ma première mission hospitalière dans un établissement civil. Ensuite, j'ai travaillé pendant trois ans pour un service de renseignements, au sein du personnel soignant. Puis, j'ai rejoint le CHU de Pointe-à-Pitre. Il n'y a pas très longtemps, j'ai préparé un master afin d'obtenir le diplôme d'État d'infirmier en pratique avancée (IPA). Depuis, comme tu le sais je suis indépendante. Infirmière libérale, bon sang ! Tu me lâches, maintenant. Qu'est-ce qui ne va pas chez toi ? D'où tu prends ça, d'ailleurs ? Qui t'a raconté ma vie ?

— Un pote à qui j'avais parlé de toi vient de me rappeler et m'a dit qu'une de ses connaissances y travaillait avec toi.

ROMUALD

Romuald fit valoir les très bons résultats que son équipe avait obtenus ce trimestre, ainsi que ceux qu'elle avait obtenus les trimestres précédents. La conversation avec les superviseurs et le directeur des ressources humaines ne fut pas de tout repos. Il dut promettre de reprendre le travail au bout des six mois convenus, sinon gare au licenciement.

— L'équipe est rôdée, capable de faire face à toutes les situations, même les plus saugrenues. De plus, je resterai joignable, si nécessaire. Il faisait preuve de bonne volonté.

— Monsieur Wamen, lors d'un congé sabbatique, c'est-à-dire, sans solde, vous ne recevrez aucun coup de fil du bureau. C'est la procédure, et c'est illégal, précisa le directeur.

Réjoui d'empocher les loyers pour les six prochains mois à l'avance, le couple de septuagénaires qui lui louait son appartement se fit un plaisir de le recevoir au salon pour lui offrir le thé. D'habitude, il le recevait sur le palier. Le jeune

Français leur donnait entière satisfaction, disaient-ils.

— Et maintenant, il s'absente pour la moitié de l'année ?

— Oui, très chère. Il se rend au chevet de sa mère souffrante. Un garçon remarquable, en tous points, ce Romuald.

La considération qu'on lui témoignait l'émouvait. Il était loin du minable d'antan. Maintenant, on le voyait comme il voulait qu'on le voie.

— Nous avons vraiment bien fait de lui louer notre appartement. Une trouvaille ! Que dis-je ? Un oiseau rare. Discret, soigneux, et méticuleux.

Les vieux bourgeois ne tarissaient pas d'éloges au sujet de Romuald.

Il est encore tôt. L'avion ne décolle pas avant cinq heures ce soir. Il rentre faire la lumière sur ses origines, veut savoir d'où il vient, et qui il est. Rien ne saurait l'éloigner de cette idée fixe ! C'est pour Romuald le seul moyen de retrouver un sommeil profond et réparateur. Il ne reverra pas la belle ville de sitôt. Montréal lui manque déjà. C'est avec un pincement au cœur qu'il se prépare à partir. Pourquoi ne pas s'imprégner de son énergie une fois de plus ?

Agité, impatient, il s'assure une dernière fois qu'il n'a rien oublié. Les factures ont toutes été réglées en ligne. Les caméras de surveillance wifi fonctionnent. Il est prêt à s'envoler. Plutôt que traîner deux grosses valises dans un autobus bondé de monde, Romuald commande un taxi Bonjour bicolore. Il a toujours voulu faire ça. Pour quarante et un dollars, ça en vaut largement la peine ! Comme les taxis jaunes le sont pour New York et les black cabs pour Londres, les taxis Bonjour bicolores deviendront peut-être un jour l'emblème de Montréal.

— L'aéroport, s'il vous plaît. Mais d'abord, vu qu'on a un peu de temps, faisons un grand détour.

Peu pressé de quitter son Nouveau Monde aéré pour le vieux continent confiné, Romuald ordonne au chauffeur de rouler lentement dans les endroits malfamés d'abord, comme Montréal-Nord, Mercier, Saint-Michel, la rue Frontenac en apparence tranquille, mais en réalité galvanisée par le remue-ménage des prostituées et des toxicomanes qui s'y donnent à cœur-joie. Ensuite dans les beaux quartiers, le Vieux-Montréal, le Mile-End, et le Plateau Mont-Royal.

En temps normal, vingt kilomètres séparent le centre-ville de l'aéroport

Montréal-Pierre Elliott Trudeau. La distance se rallonge. Le compteur tourne. Le chauffeur est content. Romuald s'en fiche. On dépasse les cinquante kilomètres maintenant. Cherche-t-il à imprimer la ville dans sa mémoire une dernière fois ? On ne sait jamais. Il ne veut surtout pas oublier d'y revenir.

Romuald n'a pas fermé l'œil de la nuit. Pour la première fois depuis un bail, il a visionné d'affilée deux films sans intérêt. Des navets. Ses yeux piquent. Il a consommé trop d'alcool à bord de l'avion. Sa langue est pâteuse, presque lourde. Son haleine l'incommode. Agressé par les moindres sons, irritable, une douleur irradie vers sa face. Il est sept heures à Roissy, mais une heure du matin à Montréal. Il aurait dû être au lit. Xavier sautille vers un taxi à la tête d'une longue file, encombré par les valises qu'il transporte.

Personne ne l'attend. On ne sait même pas qu'il arrive. Emporté par la berline, il a hâte de débarquer pour faire la surprise à ses parents. Dans un premier temps, il descendra à l'hôtel Ibis Paris la Villette, à deux pas de la résidence des parents. Xavier s'agite. Imposante, la ville se profile à l'horizon. Il se sent à sa place. Paris s'impose à son souvenir comme une maîtresse qu'il bafoue depuis son départ à l'étranger. Se laissera-t-elle facilement reconquérir ? Il ne demande que ça, retrouver son affection et reprendre son souffle.

Le taxi s'arrête devant une bâtisse moderne avec vue sur le canal de l'Ourcq dans le dix-neuvième arrondissement, en face du parc de la Villette, le plus grand espace vert de la capitale. « Les parents crèchent plus haut », pense-t-il. Les souvenirs affluent. Jaurès est en pleine transformation. Une zone industrielle a été détruite pour être remplacée par une ZAC, une Zone d'Aménagement Concertée.

Romuald s'enthousiasme de retrouver son vieux quartier. Il y fait tellement bon vivre qu'on danse dans la rue. Ici, comparé aux autres arrondissements, le prix de l'immobilier est resté attractif. Très bien desservi par les transports en commun, les parcs sont bien entretenus, c'est le top, tout est à moins de cinq minutes, les commerces Leclerc et Leader Price, trois cinémas à proximité, le Zénith, et bien plus encore. Romuald est bien chez lui et ne sait plus où donner de la tête.

Trop excité maintenant, pas question de se reposer. Il fait jour. Il dépose les deux valises dans sa chambre d'hôtel et s'en va en vadrouille. Il a faim. Sur le canal de l'Ourcq, d'un quai à l'autre, les cafés abondent. Il a l'embarras du choix et s'assoit à une table à la terrasse du premier café qui jouxte le canal, se remémore l'immeuble spacieux des années 70, un vieil immeuble dont la façade ne paie plus de mine, où il a grandi en face du fleuve.

À l'époque, les jeunes faisaient régner leur loi, les quatre cents coups et traînaient dans les rues jusqu'à tard dans la nuit. À première vue, rien n'a changé. Comme l'attestent les graffitis et les gribouillis, la délinquance reste un souci. Au fur et à mesure que l'on avance vers le nord, le quartier devient mal fréquenté, bruyant et sale. Malgré les bouteilles cassées, les détritus, et la crasse dans les encoignures en bas des murs, dans son ensemble, l'arrondissement est loin d'être une horreur.

Une haie de SDF pour la plupart alcooliques, agressifs et drogués urinent, défèquent, et sèment une saleté épouvantable partout sur son passage. Ils chassent les corneilles pour récupérer des restes de nourriture dans les poubelles qui les recrachent. Certains résidents, de vrais porcs, profitent de la chienlit pour abandonner matelas et encombrants sur la voie publique.

Romuald arpente les rues du quartier où il a grandi sondant le gâchis à perte de vue. Elles sont remplies de piétons au regard vide comme lui. Il a changé. Monsieur est devenu plus dur. Il voit clairement maintenant ce qu'il n'arrivait pas à voir auparavant. Ici, personne ne fait cas de lui. Sans but et sans destination précise, sans trop savoir pourquoi, il presse le pas. La marche lui sert d'exutoire. Il avance comme un forcené, avec la rage au cœur.

Frénétiques et sourdes, des émotions contradictoires l'accablent. L'orgueil entrave le bonheur. Il doit à présent soigner ses plaies, conquérir ses peurs, assumer sa nouvelle identité et donner un sens nouveau à sa vie. Ne pas le faire serait le comble de la lâcheté, se dit-il. « La lâcheté génère le désordre. Elle est source de troubles profonds dans la société et en l'homme. » Romuald est revenu à la case départ pour comprendre et surtout pour soumettre le passé à sa nouvelle grille d'interprétation.

Il ressent les effets du décalage horaire. Sa mine est effrayante. Rattrapé par la fatigue, après seulement cinq kilomètres, il rebrousse chemin. De retour à sa chambre d'hôtel, il sort, d'une des valises, le sirop d'érable qu'il offrira à ses parents. Plus tard, il ira frapper chez eux. En attendant, il doit reprendre ses forces et dormir un peu.

— Oh ciel. Un revenant ! Qu'est-ce que tu fous là ?

— Bonjour papa. Content de te revoir aussi !

— Ben, entre gros bêta. Ne reste pas là. Où sont tes affaires ?

— À l'hôtel. Maman n'est pas là ?

— Dans une petite heure, elle sera de retour. Elle fait des emplettes.

Le vieil homme a pris des rondeurs. Ses lèvres sont à peine visibles sous une barbe fournie. L'éclat de son visage trahit sa bonne humeur. Il a tout plein de choses à dire et n'écoute pas son fils. Les mots s'entrechoquent dans sa bouche. Romuald n'arrive plus à en placer une, il s'en plaint. Le vieil homme ponctue ses remarques de « Qu'est-ce que tu m'as manqué, mon fils ! » La retraite ne lui convient pas davantage que le travail ne lui convenait antan, dit-il. Tant qu'il avait la santé, il bondissait du lit à quatre heures du matin pour aller enrichir ses patrons. Aujourd'hui, au rebut, il tourne en rond incapable de jouir d'une existence qui à toute vitesse, comme le sol, se dérobe sous ses pieds.

— Attendre aussi longtemps pour arriver à ça, et puis merde ! On s'est tous fait entuber. Pour moi, c'est la grosse déception. Mon pouvoir d'achat, autrefois déjà pas trop reluisant, a pris une de ces chutes. Drôle de trip ! Heureusement, il reste la télé pour chloroformer mon esprit, mais qu'est-ce que je m'ennuie quand même. À chier, tu m'entends ? Je me fais chier à m'emmerder, littéralement.

— Trop d'infos, papa. Je pige. T'as besoin d'un remontant.

— Ta mère me ramène des couches. Tu te rends compte ? L'incontinence, c'est quelque chose quand même.

— Toujours trop d'infos, papa.

Abattu, le vieil homme se laisse choir dans un fauteuil en cuir aussi tanné que lui. Il accepte de bonne grâce le verre de pastis que lui tend son fils. Comme s'il le voyait pour la première fois, le mobilier du salon suranné choque Romuald. Jamais auparavant, il n'avait réalisé le dénuement spartiate dans lequel ses parents évoluent. Avachi devant lui, le vieil homme se donne des airs. Il dissimule son émoi sans se rendre compte qu'il vient de laisser choir une larme. Romuald détourne la tête.

— T'es pas venu écouter mes salamalecs, fiston. À quoi devons-nous l'honneur de ta visite ?

Romuald se résout à partager l'appréhension qu'il ressent à l'idée de se mettre bientôt à la recherche des géniteurs qui l'ont abandonné.

— D'où tiens-tu qu'un parent est dans l'obligation d'aimer l'enfant qu'il a mis au monde ? Il faut en finir avec ces notions romantiques, fiston. Un parent est uniquement dans l'obligation légale d'assumer les soins de sa progéniture jusqu'à sa majorité. Les gamins proviennent de la rencontre d'un ovule et d'un spermatozoïde, n'est-ce pas ? Et pas de la rencontre de deux cœurs ? Tu n'es pas la seule personne à avoir été abandonnée, mon p'tit gars. Ta mère et moi, nous sommes des enfants de la DASS, tu l'avais oublié ? Nous te comprenons bien plus que tu ne crois. Il faudra passer à autre chose. Ne pas tenir rigueur aux autres de leur connerie. La vie est faite pour être vécue.

— Papa, pour être complètement honnête, cette femme ne m'a pas abandonné de son plein gré comme vous m'avez encouragé à le croire. Elle a subi des pressions. Maman l'a beaucoup aidée à prendre cette décision.

— Que vas-tu inventer là ? De quoi accuses-tu ta mère ?

— Je crains qu'en ne pensant qu'à elle-même, elle n'ait abusé d'une pauvre femme diminuée. Elle croyait bien faire, je n'en doute pas, mais quand même...

— Fais attention à ce que tu dis là, Romuald. Ta mère n'est pas une mauvaise personne. Tu m'entends ?

Quand le paternel prenait ce ton-là, d'expérience, il savait qu'il valait mieux ne pas insister. Romuald se tait. Quelque chose cogne contre la porte. Quelqu'un est en train d'enfoncer une clef dans la serrure. Des grincements de roulettes accompagnent l'agitation.

Un caddie trop chargé à la traîne, une silhouette voûtée se profile dans l'entrebâillement de la porte. Une vieille dame pénètre dans l'appartement sans relever la tête. « Maman a pris un sacré coup de vieux », remarque Romuald à demi-voix. Il se lève d'un coup, forçant la dame à lever les yeux vers lui. Elle lâche le caddie et dans un élan de joie se précipite dans ses bras. L'émotion est infectieuse. Romuald la serre contre lui. Les larmes coulent à flots. Lui aussi a envie de pleurer. Il tire une bouteille en verre avec anse d'une large poche du manteau qu'il porte encore.

— Tiens ! C'est du sirop d'érable. Un petit cadeau du Canada.

— Merci mon fils. Tu t'es bien installé ? Tu as trouvé ta chambre comme tu l'as laissée, je présume. Tu as tout ce qu'il te faut ?

— Je ne voulais pas vous déranger. Je suis descendu à l'hôtel, maman.

— Que racontes-tu là, Romuald ? Tu es ici chez toi.

— Maman, j'ai lu les lettres. Il faut qu'on parle.

Madame Wamen prend un air contrarié. Romuald a débarqué sans prévenir. En le voyant debout dans le salon la veste boutonnée, elle s'est doutée que l'heure de vérité avait sonné ; sinon pourquoi arriver à l'improviste et descendre dans un hôtel ? Elle aurait préféré retarder ce jour-là, mais à présent, elle devait se résoudre à affronter son jugement. Depuis longtemps déjà, elle était prête à reconnaître ses torts et à défendre ses convictions. Elle n'avait rien à se reprocher. Ses intentions avaient été honorables.

Monsieur Wamen se tortille dans son fauteuil réalisant que quelque chose d'important se trame. Il aurait aimé y mettre le holà, inviter tout le monde à prendre l'apéritif, mais comprenait qu'il devait rester à sa place sur ce coup-là, en dehors de tout. Aucune crise autoritaire ne préviendrait ce moment important. Leurs relations étaient déjà bien trop fragiles. Faisant mine de déplacer son attention, il plongea le nez dans son journal, tout en continuant sans broncher d'observer la scène de ses petits yeux furtifs.

Madame Wamen prit les devants assumant un rôle actif dans la mise au point qui s'imposait. Pas question de se faire morigéner par un ingrat.

— Je sais tout ce qu'elle t'a dit dans ces foutues lettres. Elle m'en avait parlé. Nous sommes tombées d'accord sur le principe, tu dois connaître la vérité. Je lui avais seulement demandé de me laisser le temps de profiter de toi avant de tout te dévoiler. Elle m'a donné vingt ans. Pas assez selon moi, mais, j'ai été une mère comblée. J'ai connu le bonheur. Ton besoin d'en découdre se comprend. Crois-moi, je te comprends très bien. J'avais souhaité pouvoir en faire autant avec mes propres parents, sauf que, contrairement à toi, ils sont partis sans laisser aucune trace.

— Comment as-tu pu convaincre une femme déboussolée d'abandonner son unique enfant, la seule chose qui aurait pu lui redonner goût à la vie ?

— Comme tu le dis toi-même, Romuald, elle était déboussolée. Rien n'allait plus dans sa vie. À cause d'elle, tu es venu au monde drogué. On a dû te sevrer, intervenir plusieurs fois pour que tu survives. Cela m'a fait tellement de peine, pour toi, mais aussi pour elle. En mon âme et conscience, je ne pouvais pas rester là sans rien faire, indifférente. Bien plus que des belles paroles, elle avait besoin d'aide, du concret, tu m'entends ? Elle n'avait plus personne en France, et je lui ai tendu une main charitable.

— En lui enlevant son bébé ?

— Romuald ! Monsieur Wamen sort de ses gonds puis se tranquillise.

— Elle n'était jamais loin de toi. Tu la connais. Elle t'a vu grandir et était contente de te savoir en sécurité avec nous, mon enfant. Tu peux me faire tous les reproches que tu veux, ma conscience est en paix. Je ne regrette rien. J'ai fait du mieux que j'ai pu pour elle, pour toi, et pour nous tous. Écoute, rien n'est perdu. J'ai retrouvé des gens qui te mèneront à elle, et à ton père aussi. J'ai les coordonnées de son meilleur ami, un dénommé Lazarus, un Américain, et celles aussi de ton frère qui habite Paris. Lui, je l'ai trouvé par hasard. Il est professeur à l'université. Il attend ton appel.

J'ai mes torts. Crois-moi ! Je les admets sans rechigner. Il y a beaucoup d'autres choses que j'aurais pu faire pour aider ta maman, mais quand j'ai vu l'état pitoyable dans lequel tu étais, mon cœur a flanché. C'était plus fort que moi. J'ai été égoïste de vouloir t'aimer comme je l'ai fait. Pardonne-moi, mon fils. Peut-être aurais-

259

je dû rester insensible à la souffrance de Christine ? À la tienne ? À toute cette souffrance qu'elle t'imposait ? On ne sort pas forcément indemne du contact avec l'autre. Tu as dérobé mon cœur. Et c'est pour ça que je ne regrette rien. Regarde qui tu es aujourd'hui !

— Moi aussi, fiston. Je suis fier de toi et d'avoir été ton père.

— Mais maman, tu m'as volé mon histoire.

— Non. Elle n'est pas finie. Je l'ai rendue plus belle.

XAVIER ET ROMUALD

La sonnerie retentit. Bien que réveillés, Xavier et Lili sont encore au lit. « Allô ! » Machinalement, comme à son habitude, Xavier met le portable sur haut-parleur. Le coller à son oreille bousillerait sa santé. On lui a parlé d'ondes électromagnétiques qui causeraient le cancer. Il voudrait protéger son cerveau aussi longtemps que possible.

Sa mine a changé. Xavier répond sans entrain. Ils se sont donnés rendez-vous et déjeuneront ensemble. Lili a tout entendu.

— Pourquoi fais-tu cette tête ? Qui est cette personne ?

— C'est peut-être bien mon grand frère !

— Pas de secrets entre nous, s'il te plaît. Trop fatiguée pour jouer aux devinettes. Depuis quand as-tu un frère ? (Lili veut tout savoir maintenant.)

Facile à repérer, Romuald est arrivé avec quinze minutes de retard. Xavier hallucine. La ressemblance est flagrante ! « La calvitie précoce, la musculature développée, jusqu'aux yeux enfoncés dans leurs orbites. Sauf que sa peau est légèrement plus basanée que celle du pater. À part ça, c'est le portrait craché de la brute. » Xavier lui fait signe de la main et se met debout. L'homme se dirige droit sur lui. Il ne sait pas où se mettre. Ses pensées le dérangent. Il tend une main nerveuse. Le sourire aux lèvres, Romuald l'enveloppe de ses longs bras, content de finalement retrouver un membre de sa famille de sang. Il n'avait jamais pensé qu'un jour il aurait un petit frère.

Aux Halles, dans le ventre de Paris, les deux frères pénètrent dans un espace sous verrière agrémenté d'un mur végétal et de canapés en velours. Le restaurant que Romuald a choisi pour leur première rencontre est convivial, sans prétention. Le patron est chaleureux. Les deux hommes se connaissent.

Sur le ton de la confidence, d'une voix de baryton, Romuald évoque son passé, explique comment il en est venu à apprendre qu'il a un frère. Une parole chaleureuse entraînant une autre, la glace fond rapidement entre les deux hommes. Xavier se relâche et exhale enfin. Il était temps !

— Quand je t'ai demandé de me mettre en contact avec monsieur Sodonis, pourquoi m'as-tu répondu : « Et, tu feras quoi s'il ne veut pas te voir ? »

— Ce n'était pas pour t'être désagréable, mais bien parce que je connais le bonhomme. J'ai grandi avec lui. Il m'a récemment avoué avoir d'autres enfants, en plus de nous. Il m'avait aussi parlé d'un rêve qu'il avait fait à ton sujet. Je lui ai récemment rapporté qu'on s'est parlé au téléphone. Il n'a fait aucun commentaire, n'a rien demandé. Tu devrais prendre contact avec lui, directement. Tiens, voici son numéro !

— Merci. Il est comment, ton père ?

— Tu veux dire, notre père ? Je m'attendais à cette question, figure-toi. Comment t'expliquer ? Euh. Un jour, le vieux se promenait à Basse-Terre. Il faisait beau et tout le tralala. Il aperçoit une belle nana devant une vitrine dans une rue piétonne. Psst ! Psst ! Il se met à siffler d'une façon grossière. La jeune-fille se retourne pour voir qui l'interpelle de la sorte ; n'en croyant pas ses yeux, elle prend ses jambes à son cou. Horrifiée, elle s'est rendue compte qu'elle connaît le bonhomme en photo, mais ne l'avait jamais rencontré en personne. Le vieux, lui aussi, a filé en s'écriant : « Zut alors ! C'est ma fille ! » Des témoins dignes de confiance m'ont rapporté ces faits. Ton père a plein d'enfants illégitimes qu'il ne reconnaîtra jamais. Il me fait honte car il ne pense qu'à sa gueule, qu'à son plaisir et à ce qu'il veut. Personne d'autre ne compte. Il est trop égoïste.

— Drôle de lascar ! Un père qui n'a cure de sa progéniture n'est qu'un gros tas de merde. Je l'aurais tué ce fils de pute. Désolé si je t'offense, mais avec moi, ce genre de choses ne passent pas ! Tu t'en doutes, mes valeurs sont plutôt traditionnelles. Donc, je n'irai pas le voir. Comment veux-tu ça ? Il ne s'est jamais intéressé à moi. J'ai plutôt envie de rencontrer ma génitrice. Au moins, elle venait me voir quand j'étais petit.

— Je te comprends frangin. Tu ne m'entendras jamais prendre sa défense après tout ce qu'il m'a fait endurer. Mais, tu devrais quand même entendre son histoire de sa propre bouche et te faire ton opinion toi-même. Pour ce que ça vaut, je l'ai entendu dire une fois que sa première femme était l'incarnation du diable. Elle lui a coûté sa carrière à la préfecture de police. Il y a toujours plusieurs versions d'une même histoire.

— Bien fait pour lui. Je tenterai ma chance avec le diable que je connais plutôt qu'avec celui que je ne connais pas !

BRIGITTE

Après le marché de Noël, c'est la remontée des Champs-Élysées inondés de lumières festives. Direction la Concorde, côté Rivoli. Sapins illuminés, manèges à étages à l'ancienne, chaises volantes, et grandes roues. Les activités pullulent. Brigitte attend Xavier et Lili devant 500 m2 de patinoire aux Tuileries. Elle a pensé à tout. «Attention, ça caille, les amoureux. Bonnets et écharpes s'imposent. La glisse vous ouvrira l'appétit et vous grisera un brin. Pendant une heure, ce ne sera que du bonheur, je vous le promets. Suivez-moi !» La féérie s'invite dans leurs vies. «Après, c'est direction Barbès. Repas du réveillon chez moi, et puis plan boîte. Ça vous dit ?»

Attablés devant un jambon de Noël à l'ananas, du boudin rouge, des pâtés salés et des acras, ils sirotent un shrubb, cette liqueur, qui stimule l'appétit, composée de pelures d'agrumes marinées dans du rhum. Le Ti punch lui non plus ne tarit pas. Les esprits s'échauffent, les langues se délient.

— Franchement Xavier, chapeau ! T'as fait fort, cette fois ! Lili est un bijou. Je kiffe grave. Elle est simplement ravissante. T'as gagné le gros lot, mon coco ! Je veux jouer cartes sur table avec toi, ma copine ! ajoute-t-elle en se tournant vers Lili. Je serai cash, ne m'en veux pas ! Dans le temps, j'étais amoureuse de ton mec. Quelle malchance ! Il m'a traitée comme une merde. J'étais mal barrée, le con n'avait d'yeux que pour Déborah.

— Tu fais quoi là, Brigitte ? Tu cherches à foutre la merde ? Arrête de boire et tais-toi !

— Allez-y, Brigitte. Je vous en prie. Dites-moi tout. J'ai quelques réserves sur notre avenir ensemble. J'ai besoin d'entendre ça si c'est la vérité !

— Il faut que ma belle-sœur sache la vérité. Surtout celle que tu caches. Je te connais, Sodonis.

— Et voilà, tu fous en l'air ma relation. Eh ben, merci. Tu dois être fière. T'as ta revanche, là. Et tu te dis ma sœur ? Quelle mégère tu fais, alors ! C'est pas à toi de lui dire ça. Je vais le faire moi-même... Quelque temps après mon arrivée en France, le salon de Brigitte, ici boulée, nous servait de point de ralliement. Affalés sur son futon, les trois mousquetaires comme on nous appelait alors, Brigitte, Déborah et moi, chaque semaine, révisions ensemble tard dans la nuit jusqu'à ce que nous tombions de sommeil.

Les bonnes notes des uns commandaient le respect des autres. C'est comme ça que nous nous sommes connus. Notre camaraderie a facilité la cohésion du groupe et notre soutien mutuel. Partager nos déboires a créé une plus grande affinité entre nous.

J'avais été l'unique ami de Brigitte pendant quatre mois avant que Déborah se joigne à nous. Tout a commencé par des gestes discrets mais répétés, une main qui atterrissait sur mon avant-bras lorsqu'elle était fatiguée, un regard furtif, et j'en passe. Confrontée à l'attirance improbable de ses meilleurs amis qui se touchaient sans crier gare, et ricanaient bêtement, Brigitte qui entendait tout, et voyait absolument tout, décelant la confusion dans les yeux de Déborah, a dû se sentir de trop, à un moment. Médusée devant l'intimité croissante entre Déborah et moi, elle prit ombrage. Sa désapprobation nous est tombée dessus comme une tonne de briques. On ne s'y attendait pas du tout.

Elle a fini par trouver des excuses pour ne plus nous recevoir, par se rendre moins disponible et prendre carrément ses distances vis-à-vis de nous. En fait, elle a commencé à traîner dehors le plus longtemps possible plutôt que de rentrer chez elle après les cours comme à son habitude. Elle cherchait à éviter de tomber nez à nez avec nous, en privé. Apparemment, on l'irritait.

— Ma parole, je me disais. Il est aveugle ou quoi, Xavier ? Comment peut-il la choisir, elle, plutôt que moi ? Il leur sera impossible d'être ensemble ? Elle est juive orthodoxe. Même si elle le voulait, elle ne le pourrait pas. Je n'en revenais pas ! En fait, je me trompais sur toute la ligne, c'était pas du tout ce que je croyais. Ils flirtaient, oui, bravaient aussi les interdits sans pour autant avoir les couilles de franchir la ligne. Tu sais, en dessous de la ceinture ?

De maladresse en maladresse, une aventure avec un Nègre, tout s'est avéré trop compliqué pour elle. En ce qui concerne les affaires du cœur, elle est à côté de ses pompes la fille. Elle était déboussolée, mais alors complètement. Elle s'est accrochée à lui, mais a toujours refusé de lui donner son corps. Il m'a fallu du temps pour le comprendre. Déborah se veut un soutien pour Xavier. Ces deux-là dépendent l'un de l'autre psychologiquement. Ils s'appuyaient déjà l'un sur l'autre, mais à l'époque, ça paraissait tellement malsain ! C'est tout à fait dément. C'est une forme d'amour tordu, platonique et aguicheur en même temps. J'en ai tellement voulu à Xavier de s'être embarqué là-dedans, jusqu'à ce que je comprenne le truc.

Une vraie relation amoureuse entre eux ? Impossible ! Le comble de l'aberration, une relation avec un non-juif. Pour elle, avec un Noir, inimaginable ! Un risque inacceptable, c'est le rejet immédiat. Je ne dis pas qu'elle n'a pas essayé. Certains sont plus ancrés que d'autres dans une culture, dans un credo. Chez eux, plus que chez d'autres, les vieilles croyances ont la peau dure. «Nous sommes le produit de nos conditionnements», disait-elle à l'époque. Tout les séparait. Donc, ils n'avaient aucune chance. Par contre, elle faisait du racolage pour lui. Mais ça, je ne le savais pas. Elle l'aidait à choper d'autres filles. C'est te dire à quel point elle l'aimait.

— Je remarque que tu ne dis plus rien, Xavier.

— Brigitte a raison, Lili. Tout est vrai !

— Un truc comme ça, c'est une aberration ! Plus antiféministe, tu meurs. Aller comprendre le cinéma qu'elle faisait. Les études terminées, Xavier et Déborah partagent encore un palier. C'est elle qui lui a trouvé le nouveau logement. Ce bébé a besoin d'une maman-poule. Il n'en a pas vraiment eu une digne de ce nom, après tout. Et, habituée qu'elle est de vivre sous la férule d'un homme, l'allumeuse a besoin d'un caïd pour la protéger.

— Brigitte, tu ne pousses pas le bouchon un peu loin ?

— Tais-toi Xavier. Tu sais que j'ai raison et c'est moi qui raconte maintenant. Un arrangement en vaut un autre. Avec Xavier, elle évitait les complications et donnait à sa communauté l'impression d'être irrécupérable. On la laissait donc tranquille. Ils se sont toujours rendus service comme un frère rend service à une sœur, et vice versa. Malgré une amitié fusionnelle, amis sans grand écart, « friends without benefits ». Ça, personne ne devait le savoir. Surtout pas moi, et surtout pas toi, Lili. Mais rien ne reste caché très longtemps. Elle et moi, nous avons des amies en commun. Quand elles m'ont tout raconté, je suis tombée des nues.

— T'es fière de toi, là ?

— Mais pourquoi cette mise en scène ? Ça n'a pas de sens, Brigitte ! Pourquoi ne pas l'expliquer ?

— Je ne suis pas en train de dire qu'au départ Xavier n'avait pas de vues sur elle. Alors là, pas du tout. Bien sûr qu'il en avait. C'est un mâle. Je connais notre ami ici présent. Sauf que très vite, il a dû se rendre à l'évidence. Déborah avait beau repousser ses limites, au bord de la transgression, un sursaut de conscience la débilitait à chaque fois. La meuf est coincée comme pas possible. Chez elle, les traumatismes comme les vieilles croyances ont la peau dure.

Désolidarisée de sa famille loubavitche, des juifs orthodoxes coupés du reste de la société, Déborah s'est appliquée pendant longtemps à éviter le vingtième arrondissement et sa communauté. En tout cas, jusqu'à ce qu'elle prenne une plus grande assurance au point de devenir méconnaissable. Xavier l'y a beaucoup aidée. Sur ce plan, elle lui doit une fière chandelle. Elle ne fréquentait plus la synagogue, avait renoncé à tout enseignement religieux, renoncé aussi à se couvrir la tête et à s'effacer devant les hommes. Depuis elle a renoué avec les siens. Pourquoi est-ce seulement maintenant que ta femme apprend ça, Xavier ? Elle a dû se morfondre de jalousie, la pauvre !

— T'es trop toi. Tu crois qu'elle m'aurait cru. Toi-même, tu ne nous croyais pas. Elle m'aurait accusé d'être un hypocrite. Tu sais, deux poids, deux mesures. On s'est suffisamment pris la tête sur ce genre de sujet. Plutôt qu'elle me juge obtus, ou même frivole que concéder un pouce. De plus, comment tu veux qu'un gars comme moi explique un truc comme ça à quelqu'un sans se ridiculiser ? Pas envie de me faire traiter de naze, moi !

LAZARUS

— Lazarus prendra la chambre de Ngone et la petite dormira dans ma chambre avec moi. Elle partagera mon lit. On va s'arranger. C'est temporaire.

— C'est qui ce Lazarus à qui nous devons faire de la place ? Serait-ce ton amoureux, par hasard ? Pourquoi autant de pudeur ?

— Constantine, tu n'as donc rien d'autre à faire. Va trouver une occupation, ma fille. Embête quelqu'un d'autre, veux-tu ? Lazarus est un ami de longue date. S'il était mon amoureux, c'est dans mon lit, avec moi, qu'il dormirait.

— Tchip ! À d'autres, tu m'entends.

Le vol d'air Sénégal, Paris Charles de Gaulle-Dakar aéroport International Blaise Diagne, s'est déroulé sans histoire. Avec suffisamment de place pour ses pattes d'échassier, et suffisamment de champagne, Lazarus a roupillé pendant tout le voyage. Il en avait besoin. C'est la première fois qu'il se rend en Afrique. Peut-être la dernière aussi, qui sait ? Sa bonne amie Christine lui a lancé l'invitation timidement. Ouvert à toutes les aventures, il n'a pas hésité. « Elle est trop chou, Christine ! Ça fait toujours plaisir de venir en aide à ma petite souris, où qu'elle soit. À soixante-dix piges, on serait con de se priver d'une aventure de plus ! »

Le champagne et les petites attentions du personnel navigant de la classe Premium lui ont fait un bien énorme. Habitué à se voir chamailler pour des broutilles, la place que prennent ses coudes sur les accoudoirs, ses genoux qui cognent contre le siège devant, il ne voyage plus en classe économique. Certains trouvent ses manières immodestes, voire scandaleuses. Lui, il se tape de ce qu'on pense de lui. Il y a longtemps que ce que les gens disent ne l'intéresse plus. À présent, le monde n'est qu'un vaste podium où il s'éclate. Chaque jour est une fête !

En public, sa forte personnalité et son exubérance calculée forcent l'admiration. Pour l'ignorer, il faut faire un effort. Depuis son plus jeune âge, il captive l'attention des badauds et prend vie dans leur regard. « On m'aime ou on m'adore, darling ! » Faire un autre choix reviendrait à se voir expulsé du cercle des gens qui comptent. Il est féroce Lazarus, à l'observer, on prend tout de suite confiance en soi. « Si lui peut, pourquoi pas, moi aussi ? » Il assume sa différence.

Dans le monde des drag queens, Lazarus est une diva. « Pas de perruque aujourd'hui. Il fait bien trop chaud. » Il ne sera pas dans son milieu là-bas, et par conséquent se forcera à faire un effort pour ne déranger personne. « On dérange toujours quelqu'un, qu'on le veuille ou pas, et trop, ce n'est jamais assez. Il faut vivre mes amis. Vivre c'est déranger ! Ne pas déranger, quelle idiotie ! Mais bon, je ne veux pas me faire crucifier non plus ! J'ai déjà tout pour faire jaser. Comment je me sens aujourd'hui ? Qui suis-je ? Lady Gaga ou Little Richard ? »

En fouillant dans sa garde-robe ce matin, Lazarus n'a pas trouvé grand-chose à se mettre pour se donner de l'allure. Ses vêtements préférés sont déjà emballés. Il ne reste que du cuir, du velours, de la laine, et quelques dashikis, ces tuniques amples de couleurs vives cousues avec des brocarts de soie autour de l'encolure et aux poignets. L'antithèse du costume-cravate.

À Détroit, pendant son jeune âge, il en avait porté comme tout le monde pour signifier son attachement à la culture afro-américaine. Maintenant, il fallait faire plus jeune, éviter le look grand-papa figé ; même dans une tunique millénaire, c'est possible. « Dashiki en haut, pantalon skinny en cuir léopard en bas, bottines souples en daim noir, talons hauts ; tous les regards sur moi, rien que pour moi. J'en ai la chair de poule. »

Chez Lazarus, prendre des risques, sortir de sa zone de confort ravive toujours cette exubérance qui le rend plus sûr de lui. Attifé comme une star, dans le hall de l'aéroport on le mate du coin de l'œil pour ne pas se faire remarquer, et parfois plus franchement, ouvertement, de front, sans prendre de précaution. Les gens tournent la tête, font des commentaires déplacés et le suivent du regard jusqu'au bout du couloir, sans se gêner.

Christine a fait le long trajet seule en train malgré la proposition des voisins qui voulaient l'emmener. Lazarus et elle prendront un taxi pour rentrer. Au loin, elle regarde son vieil ami approcher en fanfare, encerclé d'une flopée de personnes amusées qui gloussent. Il sourit jusqu'aux oreilles. Christine ne peut pas s'empêcher de rire. Son bonheur est immense. Sa folle favorite est enfin arrivée. Cet homme a le don de la mettre de bonne humeur. Il lui rappelle qui elle est quand personne ne regarde, que la vie est faite également de plaisir et de gaieté, et que le regard des autres ne devrait jamais nous empêcher d'évoluer de la façon qui pour nous est la plus authentique. Une fois de plus, dans ce dernier chapitre, Lazarus sera pour Christine une source d'inspiration, une force et un soutien.

Le moment est grave. Excité comme une puce, il ne reste pas en place, doit bouger, faire quelque chose, sinon il perd toute contenance. Personne ne comprendrait, donc Lazarus résiste tant bien que mal à la pressante envie d'embrasser la terre ancestrale. Se prosterner équivaudrait aussi à exhiber son popotin. Le rêve de toute une vie, fouler le sol des origines sous les regards bienveillants d'une amitié éprouvée fera l'affaire. Les effusions sont de courtes durées. Sa talentueuse protégée, Christine, a le don de l'attendrir. Elle ne le juge jamais et l'accepte comme il est, un drag mother, rien que pour elle. « Elle est fabuleuse, Christine. »

Sans trop y croire, déjà aux États Unis, il avait maintes fois rêvé d'Afrique. Faute de courage, peut-être, ou d'une bonne raison pour s'y rendre, il n'y était jamais allé. Sa sécurité passait avant tout. Il lui fallait d'une raison, ses préférences sexuelles servaient de freins à ce type de pérégrination. Trop risqué pour un homme efféminé comme lui.

Comme chaque fois qu'il voyageait, Lazarus faisait des recherches avant de prendre l'avion. Au Sénégal, l'homosexualité est punie par la loi d'une peine de prison de cinq années, au terme de l'article 319 du Code pénal. Pourtant, le pays figure parmi les plus tolérants en Afrique. Lazarus se tiendra à carreau. En tout cas, il fera de son mieux. À son âge, la sexualité n'a plus l'importance que d'autres lui accorde.

Le taxi jaune et noir fend le soir en direction de la capitale orangée. L'harmattan souffle doucement amenant dans la nuit une fine poussière de sable et davantage de fraîcheur.

— Darling, moderne et agréable comme il est, votre aéroport n'a rien à envier à un autre. Tout est neuf ici. Tiens, ce sont des lampadaires solaires que je vois là ? C'est pas comme ça que je m'imaginais le Sénégal. Les routes sont bonnes, dis donc ?

— Les choses ont bien changé depuis mon enfance. Bitumées d'un bout à l'autre, on m'a dit qu'elles sont toutes praticables en voiture maintenant. Ici, c'est du neuf, ailleurs il reste encore à faire, mais tout doucement le pays se modernise.

— Tu m'en vois ravi !

— Lazarus, comme tu sais, j'ai décidé d'arrêter de subir. Je me suis prise en main, plus question d'avoir peur de faire le mauvais choix. C'est handicapant la peur. Tous les choix sont mauvais, ils nous forcent à renoncer. Ne pas choisir c'est le pire de tous les choix.

— Parle-m'en !

— J'ai choisi d'être ici, de faire ce que j'ai à faire, de croire en quelque chose même si je risque de me tromper. Au moins j'avance. Je n'ai plus que ma volonté pour le faire, et j'ai besoin de ton aide, mon ami.

— Je suis là, ma poulette. Je saurais te motiver, Ah ! Ah ! Ah ! Tu me connais ?

— Il y a longtemps déjà que ma tête est partie. Maintenant, je m'en fiche si je fais fausse route. Je change de direction, et puis c'est tout ! M'aideras-tu à conquérir une petite place au paradis ?

— Le paradis ou l'enfer. Je suis là pour toi ma puce. Au fait, j'ai reçu un appel la semaine dernière. Tu sais ? C'était lui. Ton petit. Très sympa, je le sens. Il a besoin de toi. J'ai promis de lui envoyer ton mail, avec ton autorisation, bien sûr !

NGONE

Ngone était en train de perdre patience. Observer tatie Christine monter et descendre l'agaçait plus que tout. « Décidément, je ne comprends plus la vieille. Quelque chose ne tourne pas rond dans sa tête. Qui distribue ainsi son argent à longueur de journée à tous les va-nu-pieds du quartier ? Et maintenant, elle amène ce gros monsieur ici. Il va tout manger celui-là ! Elle me prive de ma petite chambre pour me coincer avec elle dans la sienne. C'est plus de travail et moins de confort aussi pour moi. »

L'admiration du début avait fait place à de l'amertume. Elle répondait machinalement aux requêtes de sa tante, plus par habitude que par intérêt pour son bien-être ; et parfois même, contre son gré. Elle ne l'écoutait plus. Il y avait tant de choses qu'elle ne comprenait pas. Bientôt cinq mois que Christine était là, et rien n'avait changé pour Ngone. Au contraire, sa tâche était plus lourde.

« Suis-je la personne la plus bête au monde ? Je ne crois pas, non. Il ne manquerait plus que ça ! Se taper tout le travail domestique sans rémunération, non, ça ne me dit plus rien. » Ngone faisait quand même ce qu'on attendait d'elle, à présent, sans entrain. « On n'arrête pas comme ça, parce qu'on ne comprend plus rien. Comment le prendrait tatie Constantine ? Elle ne m'a rien fait, elle. »

Quand elle pensait à l'avenir, le désespoir assombrissait sa mine. Ngone explorait activement comment changer sa condition. Tout prenait trop de temps, et puis pour l'instruction et les choses comme ça, il fallait de l'argent. Beaucoup d'argent même. Personne ne lui avait jamais demandé ce qui l'intéressait, ou proposé de l'envoyer faire des études. On partait du principe qu'elle n'était ni intéressée ni capable. Cette idée la révoltait.

La petite paysanne n'avait pas le profil de l'étudiante type. Ce qu'on voulait dire par là, c'est qu'elle n'était pas assez dégourdie. Qui lui avait donné sa chance pour savoir si elle était capable ou non ? Dans la famille, ils avaient tous cru pouvoir décider de ce qui était bon pour elle. Dans la brousse d'où elle venait, les choix n'abondaient pas, que l'on soit un garçon ou une fille, kif-kif, peu importait. Chose abominable, le destin était tracé bien avant la naissance.

Ngone avançait timidement, sur la pointe des pieds. Affalée dans un fauteuil, Christine faisait semblant de lutter contre le sommeil. Elle rêvassait devant une télé éteinte. Lazarus qui se couchait tôt était déjà dans sa chambre. Sans pouvoir dissimuler son agacement pour autant, Christine esquissait un léger sourire en zieutant Ngone qui approchait dans le reflet du téléviseur. Elle tourna la tête subitement pour la fixer du regard.

— Avec tout le respect que je te dois, ma tante ; je ne te comprends pas. Tu donnes, tu donnes, à tout le monde, et tu ne regardes même pas autour de toi d'abord.

— Ah ! Ah ! Ah ! De quoi te plains-tu encore, ma fille ? éclata Christine d'un rire narquois. Je n'ai pas le temps pour tes bêtises. Le bonheur est dans le service. On ne t'a jamais dit ça, oh ?

— Mes bêtises ? Je n'ai rien, tata. Je ne suis rien non plus, et tu ne le vois même pas. Dois-je être sale et dans la rue pour mériter un peu de ton aumône ? Tu sais ce qu'on dit en français sur la charité bien ordonnée ?

— Ne me fais pas rire, Ngone. Combien veux-tu ?

— C'est pas comme ça, et c'est pas ce que je veux dire. Un peu de considération, tatie. Tu m'offenses.

— Ma fille, je n'ai pas le temps de jouer aux devinettes. Qu'est-ce que tu veux ?

— Je ne suis pas d'accord avec toi. Tes histoires de bonheur dans le service ne me plaisent pas du tout. Je ne fais que servir, et il n'y a aucun bonheur là-dedans. Le bonheur est le bonheur, le service est autre chose. Les gens qui disent ça, c'est comme s'ils cherchaient à nous tromper. Je veux d'une vie meilleure et tu ne m'aides en rien à l'obtenir. Quel service c'est, ça ?

— Tu n'es donc pas heureuse avec nous ici ?

— Tatie tu es partie puis tu es revenue. Tu as fait des choses chez les toubabs parce que tu as pu apprendre. J'aurais aimé apprendre moi aussi, mais je n'en ai pas les moyens.

— Ma fille. Cette conversation me fatigue. Qu'aurais-tu aimé apprendre, pour qu'on en finisse ?

— Je veux devenir infirmière. Plus que n'importe qui, toi, tu peux m'aider. Tu connais des médecins et tous les notables de la ville.

— Tu crois que c'est comme ça, ah ! Ah ! Écoute, je vais voir ce que je peux faire pour toi. Mais, je ne te promets rien. Tu m'entends ?

— Merci ma tante. Je compte sur toi. Ne m'oublie pas.

ROMUALD

On le fait pourquoi au juste, rencontrer une mère que l'on n'a pas connue, et pour qui ? On le fait pour soi, pour elle, et surtout pour ne pas mourir aigri et con.

Lazarus a été de bon conseil. Il a communiqué les démarches à effectuer pour se rendre au Sénégal. Simple, il vient lui-même de les accomplir.

Maintenant, Romuald attend une adresse mail pour confirmer ses dates, s'assurer, qu'en effet, sa mère comme il pensait, attend bien sa venue, et puis pour prendre son billet. Lazarus sera à l'aéroport pour le réceptionner. Un grand noir américain de près de deux mètres de haut, chauve et grassouillet. On ne peut pas le rater. S'il le faut, il sortira ses plumes pour faire sa folle, il a dit. « Il est marrant, Lazarus ! »

Romuald a tant de choses à dire et ne sait pas par où commencer. Parler directement à Christine sera difficile. Lazarus sera l'entremetteur. Un interlocuteur de choix. « Parfait ! Il semblait déjà tout savoir de moi, avant même que je l'appelle. Quelle chaleur dans la voix, ce type-là !» Ils ont échangé des photos et se sentent en confiance.

NESTOR ET VICTORINE

Plusieurs piles d'albums de famille et de photos éparpillées à même le sol en vrac ont été délaissées au salon. Nestor est parti dans la cour arrière gonfler les pneus d'un vélo vieux comme Mathusalem. Victorine ne comprend jamais pourquoi le vieux bonhomme veut lui donner davantage de travail, comme si elle n'en avait pas assez comme ça! «Avec cet énergumène sur les bras, il m'est impossible de maintenir l'ordre dans la maison. » Elle rage en silence. Il est encore trop tôt pour démarrer les hostilités.

À présent, Nestor titube dans le salon. L'air dépité, il traîne une jambe. « Amène-t-il encore de la terre dans ma maison? » Victorine détourne la tête. Elle ne veut pas se laisser contrarier une fois encore. Il semble lui aussi déjà de bien mauvais poil. « Plutôt le laisser à ses enfantillages que de s'embarquer dans une querelle d'aussi beau matin ». Elle attendra qu'il se requinque pour lui asséner sa dose quotidienne de griefs. C'est comme ça que l'on contrôle l'esprit d'un mâle verrat. Pour le moment, la cuisine attend.

— Wa-y. À l'aide, Victorine. Mon corps est en train de lâcher. Je me sens faible. Je ne vois plus rien. Je n'arrive plus à me relever ! Une masse est en train d'exploser dans ma tête. Victorine, à l'aide.

— Mi zafè en ! C'est quoi encore ce boucan ? Qu'est-ce qui se passe ici ? Enfin, Nestor. Tu ne peux pas rester tranquille, même un instant ? Un vieux bonhomme comme toi ? Comment veux-tu que je te relève ? Je n'ai pas de grue, moi.

Victorine abandonne Nestor sur le sol et retourne s'affairer dans la cuisine. Elle crie à haute voix : « À force de faire des blagues comme ça tout le temps, un jour le malheur te frappera pour de bon ! » Nestor gémit de plus belle dans le salon. Il savait bien qu'on voulait sa mort, en voici la preuve. Maintenant, il se résigne à faire ses adieux en silence. Sa voix se transforme en un murmure sourd.

Victorine tend l'oreille. Plus aucun son, rien ne provient plus du salon. Elle s'y précipite pour voir à quoi joue Nestor à présent. Allongé comme une poutre sur le sol, inanimé, blanc comme un linge, il ne répond plus. « Y a un problème ! » Paniquée, Victorine dégaine son smartphone pour composer le 15 et appeler le SAMU. Elle peine déjà à retenir ses larmes.

— Malgré une prise en charge tardive, madame Sodonis, votre mari en a réchappé cette fois. Les trente prochains jours seront cruciaux. Le risque de récidive est important. Il nous faudra faire très attention. Nous allons le garder ici à l'hôpital pendant une quinzaine de jours en observation. Une fois sorti, la rééducation commencera pour les six prochains mois, et puis le nouveau médecin avisera. Ce matin, nous avons procédé à une embolisation. Nous avons arrêté le saignement dans son cerveau. Les scanneurs confirment l'accident cardio-vasculaire hémorragique.

Il mélange un peu les mots, en oubliera certains, les utilisera peut-être même dans le désordre. Possible aussi qu'il ne conjugue plus les verbes. Tout ça, est probable ! Mais ensemble, on va l'aider, n'est-ce pas ? La tonalité de sa voix s'est assourdie depuis son AVC. Il a cessé d'articuler. Ses lèvres ne bougent pas assez pour qu'il émette un son net. En plus des troubles de la parole, Monsieur Nestor souffre de troubles visuels et de la paralysie de la partie gauche de son corps. Il sera certainement fatigué tout le temps. C'est normal. Il faudra le laisser dormir, même s'il le fait beaucoup.

Dans la grande chambre aseptisée qu'il partage avec d'autres grabataires, le chirurgien pose une main chaleureuse sur l'épaule de Nestor avant de prendre congé. Il salue Victorine d'un hochement de la tête et un petit sourire qui se veut réconfortant.

— Ririne. Avec les salons photos, morceau papier avec les noms de mes enfants tous. Siou plaît, trouve-les. Je veux konnet yo et surtout eskizé mwen pour tout le mal que j'ai fait. Prévenir Xavier. Ti moun'a two soufè. (Cet enfant-là a trop souffert).

— C'est déjà fait. Ne t'inquiète pas mon vieil ami. Il sera là dans quelques jours. Repose-toi, doudou. Tu ne peux pas me laisser tomber toute seule comme ça ! J'ai besoin de toi. Je suis tellement désolée, moi aussi.

XAVIER

Xavier a très peur.

— Victorine tuera mon père si je ne rentre pas en Guadeloupe illico presto.

Le 2 janvier prochain, Lili ne repartira pas seule. Ils ont trouvé un billet pour Xavier sur internet sur le même vol.

— Mais non, ton papa ne va pas mourir dans moins de trente jours. Elle le rassure, et rectifie ce que sa belle-mère à travers des cris et des larmoiements, a tenté de lui expliquer.

— La vieille dame a mal compris.

— Plus décontenancée qu'elle, tu meurs ! Elle ne doit pas avoir réussi à mettre le grappin sur tous les documents et titres de propriété.

— La dame a mal compris, doudou. Se faire du mouron ne sert à rien. Je connais ce chirurgien. Ton père est entre de bonnes mains. Dans une heure, je contacterai une ancienne collègue dans le service. Prier, garder la foi, appeler le prompt rétablissement de ton père de tous tes vœux, si tu veux l'aider à remonter la pente, sera de loin plus utile que cette agitation inutile. Tout plutôt que ça !

Xavier s'en veut de se laisser aller à ressentir une tristesse qu'il ne comprend pas ni n'arrive à maîtriser. Elle l'empêche de se joindre aux festivités de fin d'année. Plus question de retourner en boîte ce soir. Il s'est décommandé. Lili a refusé d'y rejoindre Brigitte sans lui.

Il ne s'était jamais douté qu'il aurait pu avoir aussi peur, lui, qui croyait appeler de ses vœux les plus chers la déchéance du père qu'il détestait. Maintenant, il n'arrive même plus à lui en vouloir. Le ressentiment semble si futile. « Qu'est-ce que cela veut dire ? Mais pourquoi sa mort aurait-elle été un soulagement, au juste ? En quoi une longue bêtise peut-elle être vengée par une courte bêtise ? » Il ne voulait plus entendre parler de la disparition de son père, peut-être ne l'avait-il jamais vraiment désiré ? « Oui. Il faut tuer le père. Tous les pères. Mettre fin à leur emprise sur nous, mais, non pas dans la chair, seulement dans la tête. »

Hier, avant l'appel de Victorine, Lili s'était enfermée dans la salle de bains pendant près de vingt minutes. Ni l'eau de la douche ni l'eau du robinet ne coulait. Elle en était ressortie le visage illuminé par un large sourire. Avant que la sonnerie n'interrompe son ébahissement, Xavier avait voulu savoir ce qui s'était passé là-dedans. Par quelle magie les toilettes procuraient-elles un bonheur si intense ? S'était-elle soulagée ?

Lili a une décision à prendre : partager la nouvelle ou la garder sous silence. Pas question de revivre les traumatismes d'antan. Tout dépendra de si Xavier n'aime qu'une femme ou pas ! Assumer seule un bébé, loin d'en avoir peur, elle en a les moyens. Et cet enfant-là, le fruit espéré de son amour, elle le désire plus que tout.

ROMUALD

Romuald ressentait le besoin de s'épancher, de se perdre en paroles, coincé qu'il était dans le mutisme depuis bien trop longtemps. Selon lui, parler à un inconnu ne présentait aucun danger. Autrement, avec qui aurait-il pu partager ses états d'âme ?

— Je n'aime pas ma mère, et encore moins mon père, mais je veux apprendre au moins à la respecter, elle. C'est pour cela que je me rends dans votre pays. Elle vit là-bas depuis peu.

(Sous son boubou brodé or, le vieil homme qui l'écoute est saisi d'effroi. Il fixe le jeune homme d'un regard méfiant.)

— Et vous allez chez elle ? Ça va être gai !

— Non, je descends au Ngor Diarama.

— Avec vous, c'est tout de suite l'artillerie lourde, jeune homme. Ça ne reste pas léger longtemps ! Moi je voulais simplement me reposer et siroter mon vin. Vous le trouvez comment, ce champagne ?

— Pas mal.

— Conseil d'ami. N'allez pas raconter des choses comme ça en Afrique. Ça ne passera pas. Les gens ne vous comprendront pas. Là-bas, la maman est sacrée. Je suis psychologue. Excusez ma curiosité. Pourquoi dites-vous ça ? Elle a été narcissique, dépressive, abandonnique, votre mère ?

— Non, monsieur. Tout simplement absente.

— Ah d'accord. Je commence à comprendre ! Et votre père aussi, j'imagine.

Le vieil homme s'ébrouait comme s'il cherchait à se mettre à son aise, pourtant le siège en classe affaire était un des plus spacieux à bord de l'Airbus A 330. À présent, assis comme un pacha, il sirotait à nouveau son champagne et s'empiffrait de cacahuètes grillées. Sa poire de bienheureux inspirait confiance à Romuald et lui donnait envie de parler. Le pauvre homme avait commis l'erreur capitale de s'intéresser d'un peu trop près à lui. Maintenant, il le regrettait. Qui s'y frotte s'y pique. Impossible de faire taire Romuald.

— Pour ne pas peiner mes parents adoptifs, au départ, je ne voulais pas retrouver mes parents biologiques. Mais là, maintenant que tout va mal dans ma vie, je ne tiens plus en place. Il me faut absolument comprendre qui je suis. Je refuse de mourir sans savoir d'où je viens.

Je n'ai pas osé appeler ma mère directement. Je ne sais pas comment lui parler ni quoi lui dire. C'est trop pénible et surtout trop risqué. Je ne pourrai supporter les silences et la gêne entre nous. Alors, j'ai contacté son meilleur ami, Lazarus. Un Américain fort sympathique avec lequel le courant est passé tout de suite au téléphone. Il a su me mettre en confiance. J'avais l'impression de parler à un ami. Son accent est bluffant.

« Salut frérot. Comment vas-tu ? Tu m'as demandé ce qui se passait dans ma vie sur le plan sentimental ! J'ai repris contact avec Mariana, mon premier amour, une Franco-Malienne avec laquelle j'ai fait mes classes à HEC. Je crois qu'on va se remettre ensemble. J'en ai vraiment envie, en tout cas, et elle est seule en ce moment. À mon retour en France, nous allons passer davantage de temps ensemble. Si tout se déroule bien, elle est d'accord pour venir me rendre visite au Canada, plus tard. Je te tiens au courant.

Hier, je suis arrivé au Sénégal et ai rencontré ma mère le soir même. Nous nous sommes longuement serrés, l'un dans les bras de l'autre. C'était très émouvant. Nous avons parlé un peu, et surtout beaucoup pleurniché. À mon âge, c'est honteux.

Tu n'en reviendras pas. La grande surprise du jour, Lazarus, le type sur qui je comptais pour atténuer le choc des retrouvailles et dont je t'ai parlé, est un homo. Je n'ai pas eu le temps de me méprendre sur son compte, je l'aimais bien déjà au téléphone avant même de le connaître ! C'est drôle comment la vie me force à ouvrir mon esprit. Je n'aurais jamais pu imaginer une telle rencontre, il y a cinq ans. J'aurai fui sans voir son humanité. Je me sens devenir un peu plus tolérant des autres et de leurs différences. Il est vraiment sympa. C'est fou comment cette aventure est en train de me changer.

LOL. Ils étaient magnifiques tous les deux. Pétillants de vie et débordants d'humour. Je les ai beaucoup écoutés et j'ai beaucoup ri aussi. Je devais sérieusement en avoir besoin. Nous avons mangé du Mafé de poulet et puis, je suis rentré en taxi à l'hôtel. Et toi, tu n'as aucun secret à partager ? À demain Xavier. Je suis épuisé. »

Bien qu'il eût pris connaissance du mail de Romuald, Xavier préférait attendre avant de répondre. Il se passait trop de choses dans sa vie et il y avait plus urgent à traiter, comme organiser son départ et la vente de l'équipement ménager de l'appartement de Picpus. Malgré l'opposition de Lili, Déborah s'en occuperait. Xavier se sentait en confiance avec elle. Lili se ferait une raison, elle gagnait au change, de toute façon. Déborah liquiderait le mobilier et les appareils électroménagers et se chargerait de faire nettoyer l'appartement une fois vidé.

À son arrivée en Guadeloupe, père Sodonis délégua à Xavier le contrôle et la responsabilité légales de tous ses biens. Faisant fi de la consternation de ses cousins, il le nomma directeur général des entreprises SODONIS. En contrepartie, il insistait qu'on continuât à lui verser sa rente, question de ne manquer de rien. Finies la frustration et cette carrière infructueuse qu'il ne désirait plus. Xavier envoya une lettre de démission en recommandé à la faculté.

« Je m'excuse du retard avec lequel je te réponds, grand frère. Depuis notre arrivée en Guadeloupe le 2 janvier, tout plein de bonnes choses sont arrivées. Déjà dans l'avion, Lili, ma doudou, celle dont je t'ai parlé, m'annonce qu'elle est enceinte. Alors, je ne te dis pas... J'étais tellement content que je l'ai annoncé à tous les passagers autour de nous. Pour Lili et pour moi, c'était la fête dans les nuages. Notre liesse a tenu nos voisins en otage pendant une bonne heure. Rien que pour fêter ça, j'ai pris une cuite au champagne dans les airs ! T'imagines ? La plus belle fille du monde va avoir mon bébé ! Je vais être papa. Tu seras le parrain. On a décidé de se marier avant l'arrivée du bébé. Elle gère déjà les préparatifs. Il faudra que tu sois là aussi pour ça. J'insiste ! Je t'enverrai le billet.

J'ai ramené le paternel à la maison. Il l'a échappé bel et va bien étant donné les circonstances. Je ne m'y attendais vraiment pas ; il m'a donné le contrôle de toutes ses entreprises. Il y a de quoi faire pour toi et pour moi, si cela t'intéresse. Sa femme, Victorine, semble vraiment avoir changé. Pas un mot de travers, elle est aux petits soins avec lui. C'est complètement ahurissant. J'ai du mal à y croire ! Si je ne la connaissais pas, j'aurais pu la prendre pour une sainte. Je reste quand même sur mes gardes. Au fait, le vieux voudrait reconnaître toute sa progéniture. Il a dressé une liste dont tu fais partie. Tu es le premier dessus. De son vivant, il tient à léguer à chacun de ses enfants un bout de terrain. J'espère bien que tu viendras nous voir. Ta mère n'est pas la seule personne à avoir le droit de faire amende honorable. Je t'en supplie, fais-lui cet honneur. Penses-y sérieusement. Il n'y a pas qu'à lui que ça ferait plaisir. À moi aussi. A pli ta. (À plus) »

ÉPILOGUE

— C'est qui le monsieur qui ne sourit pas, Mamie Titine ?

— C'est tonton Xavier, le petit frère de ton papa.

— Et cette femme qui rit dans toutes les photos ?

— C'est son épouse.

— Tatie Lili ? La maman de Jeremy et de Sylvie ?

— Exactement. Va me ranger cet album et arrête de me poser toutes ces questions. Je t'ai déjà dit qu'ils reviennent de Cap Skirring aujourd'hui. Ils vont passer te voir demain après la messe. Tes petits cousins seront là aussi. Tu vas pouvoir jouer avec eux.

— Mes parents reviennent quand de Cap Skirring, eux ?

— Dans deux jours, Poupou.

— Et on repart quand, à Montréal ?

— Dans une semaine, mon petit. Vous repartez d'abord chez mamie Wawa à Paris, et une semaine après, vous rentrez chez vous à Montréal. Allez, maintenant, fais ce que je te demande. Range-moi ça !

Les yeux mouillés, debout devant une table à repasser, grand-mère Christine amidonne des vêtements repensant au gâchis qu'a été sa vie. Lazarus et Romuald lui ont offert la plus belle idée qui soit : écouter son cœur et tirer profit de ce qu'elle connaît le mieux. Ils l'ont aidée dans ses démarches initiales. Aujourd'hui, avec Ngone comme aide-soignante, Constantine comme animatrice, et Lazarus comme chef d'établissement, elle fait fonctionner un orphelinat doublé d'une école où les jeunes peuvent apprendre la couture et les métiers du textile. La ville lui loue les locaux. Christine trompe la mort qui prend son temps, faisant plein de détours, car elle ne sait que trop bien qu'il lui reste encore beaucoup à faire.

Le petit sera beau pour la messe demain. Émue de la confiance que lui témoigne Romuald, Christine s'est portée volontaire pour prendre soin de son petit-fils pendant que ses parents batifolent en amoureux au bord de la mer et prennent du bon temps.

De nature calme, il ne fait pas de bruit pour un garçon de cinq ans et joue tout seul en silence quand les petits voisins ne viennent pas lui rendre visite. Ils s'entendent à merveille, son petit-fils et elle. Accablés par la chaleur du jour, en cette fin de mois d'août, ils iront au lit tôt, juste après le souper.

On n'arrive pas à la messe en retard. Ça ne se fait pas. Ses parents, Romuald et Mariana, l'ont habitué comme ça. « Par la grâce de Dieu, cet enfant-là fera son catéchisme. Personne ne gâchera rien. L'avenir lui sourira ! Il n'aura pas ce type de vie qui s'émiette facilement sous l'empire de la dissipation, mais une vie intègre, pleine et jouissive, du type de celles qui valent la peine d'être vécues pleinement. Fais dodo, mon Poupou. Demain, tu montreras tes beaux habits et tes belles manières à tout le monde ! »

Du même auteur

— Chronique d'un Noir à la Dérive. 2016.

— Deux Semaines en Janvier. 2016.

— Le Conservatisme Noir Américain. 2016.

— The Unraveling of a Disgruntled Employee. 2016.

— Teaching for Transformation. Teaching from the Heart. 2016.

— J'aurais été un Dieu. 2017.

— Broken Happy. 2017.

— The Harder the Pain. 2017.

— Au Royaume de mon Père. 2018.

— Brisé Décalé. 2019.

michelnchristophe.com

Printed in Great Britain
by Amazon

65977752R00182